KB267310

뽕

빵

뼝

뺑
빵
뻥

한 글자 의성의태어의
뜻과 꼴

장세이 글
강병인 글씨

이응

말맛을 일깨우는
단 한 글자

아름다운 모를 가진 말

애초에 이 책의 부제는 '한 글자 의성의태어의 모난 뜻과 잘난 꼴'이었다. 여기서 '모난'은 흔히 '저 사람 참 모났네'라고 할 때의 의미, 지나치게 날이 서 있다거나 두루뭉술하지 않고 까다롭다는 뜻이 아니었다. 모는 곧 각(角)과 같은 말이며 선과 선, 면과 면이 만나는 지점의 모서리를 이르므로, 한 글자-의성의태어가 매우 아름답고 쓸모 있는 면모를 갖추었음을 강조하려던 표현이었으나 행여 오해를 살까 하여 다시 고쳤다.

한 글자 의성의태어는 다양한 면을 가진 말이다. 우선 뜻부터 다채롭다. 가령 **쏙**은 들어갈 때도 쓰고 나아갈 때도 쓴다. 살이 빠지고, 때가 빠지고, 마음에 들 때도 **쏙** 알맞은 말이다. 터지거나 줄어들거나 없어지는 갖가지 상황이 **쏙** 한 글자에 **쏙** 들어간다. **핑**은 총알 소리와 눈물이 도는 모습을 두루 모사하고, **짝**은 잘도 벌어지고 **잘**도 퍼진다.

뜻의 방향성이 꼴에 깃든 점도 한 글자 의성의태어의 흥미로운 지점이다. 입김을 불 때의 **하**, **호**는 올곧은 방향성과 온기가 글자에도 고스란히 담겼다. **앙**, **왕**은 입을 동그랗게 벌리고 제대로 우는 아이의 울음을 마치 들리고 보이는 그대로 옮겨 지은 글자 같다.

이처럼 한 글자 의성의태어는 다채로운 뜻과 멋들어진 꼴이 만난 모서리, 응축된 뜻과 꼴의 결실이다.

한글의 멋이 응축된 줄임말

이처럼 책을 읽지 않고 글을 많이 쓰는 세대가 또 있을까. '나가기' 단추만 누르면 찰나에 **뿅** 사라지는 모바일 메신저 대화처럼 돌아서면 금세 잊힐 먼지 같은 글이 도처에 태산을 이룬다. 아무리 높다 한들 티끌로 이루어진 산이니 잔바람에도 와르르 무너져 **텅** 비어버릴 텐데. 선 위(on-line)에서는 어름사니가 부럽지 않더니, 채팅방이나 이메일 글은 시원시원 파죽지세더니 선을 벗어난 키보드 전사를 마주하면 우리말의 미래는 있는가, 슬픈 진단을 **탕** 내린다.

몇 해 전, 글맛과 말맛에 깊이를 더할 궁리를 하다 <**후** 불어 꿀떡 먹고 **꺽!**>이라는 우리말 의성의태어 책을 썼다. 의성의태어는 말뜻과 말맛이 잘 살아있는 순우리말이다. 긴 뜻을 간명히 **꾹** 눌러 담은 데다 운율까지 흐르는, 진정 자연스럽고 자랑스러운, 되살려 써야 할 줄임말이다. 그중에서도 단 한 음절에 삼라만상을 다 담은 한 글자 의성의태어는 단연 압권이다.

둥 소리에 소원을 매단 풍등이 하늘 향해 저만치 떠오르는 풍경이 그려지고, **뚜** 한 글자에 봄바람 금물결 따라 도다리쑥국 향기가 **쏴** 밀려온다.

달랑 한 글자로 수많은 뜻과 꼴을 아우르는 한 글자 의성의태어는 현타(현실 자각 타임)나 할말하않(할 말은 많은데 하지 않는다)처럼 단순히 글자 수만 줄인 말이 아니라 여러 뜻을 두루 품은 동시에 그 모든 뜻에 걸맞은 형상을 갖춘 기막힌 줄임말이다.

붓끝에서 살아난 한 글자

이 책에는 '수평의 말, 수직의 말, 사선의 말, 만방의 말, 순환의 말, 정지의 말' 등 여섯 갈래 아래 수백 개의 한 글자 의성의태어를 담았다. 글과 글씨 모두 활개치도록 '뜻과 꼴의 방향성'을 갈래의 기준으로 삼았다.

강병인 선생님의 붓끝에서 '수평의 말'은 두 팔 **쫙** 팔 벌려 대지의 너비를 재고, '수직의 말'은 **붕** 떠올라 높은 숨을 쉰다. '사선의 말'은 귓가를 **삭** 스치고, '사방의 말'은 눈 깜짝할 새 **쫙** 퍼진다. '순환의 말'은 마음을 **빙** 맴돌고, '정지의 말'은 끝내

텅 비어버린다. 벼린 해석과 푸진 해학이 담긴 글씨는 온 획으로 너울춤을 추며 어느 순간 귀엣말을 **쓱** 걸어온다.

고유한 당신의 멋이 글과 말에도 살아나길 바라는 마음으로 다시 말맛 나는 우리말 책을 쓰고 펴낸다. 이 책이 웅숭깊은 말맛을 되살리는 데 작지만 단단한 고임돌이 되기를. 이 책을 펴든 안목 높은 독자가 부디 한 글자 한 글자 오래 머금다 따듯이 **호** 내뱉기를. **뿡** 뀌고 **빵** 터지고 **뻥** 차올리던 순간의 환희를 글로서 맛보기를.

일러두기

이 책에 나오는 의성의태어의 표기법과 뜻풀이는 국립국어원의 표준국어대사전을 따랐습니다.

뜻과 꼴의 방향성으로 본
한 글자 의성의태어

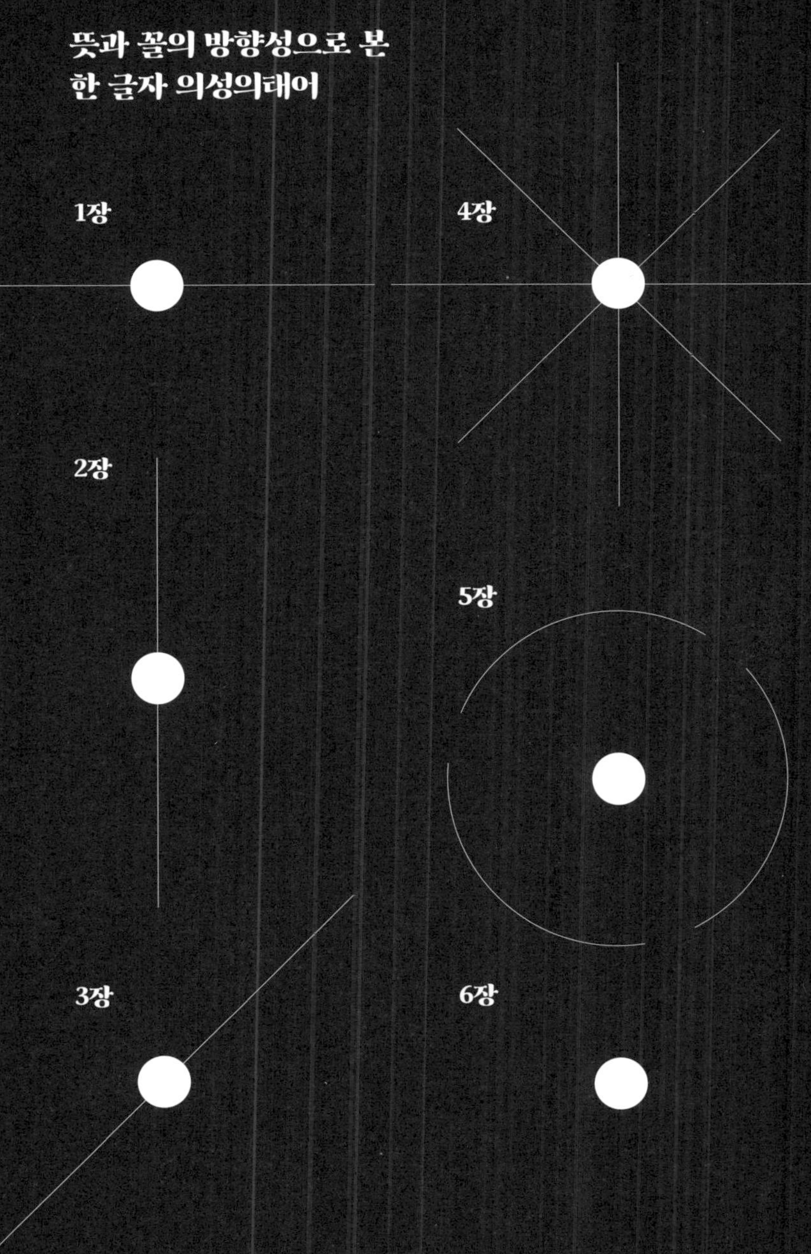

목차

1장

수평의 말

하
호
후

다섯 살 아이가 다 큰 엄마를 달랜다. "울지 마. 내가 **호** 해 줄게." 이때 **호**의 빛깔은 붕대와 같고 온도는 체온과 같아 마냥 희고 따습다. 엄마의 상처에 입김을 불 때의 아이처럼 **하**, **호**와 **후**는 그 온정의 길이만큼 길게 발음해야 제맛이다.

하, **호**와 **후**는 무언가 내뿜는다는 뜻을 가졌는데, 말하기 전 다소 준비가 필요하다. 우선 두 볼에 더운 입김을 가득 머금은 후, 입을 크게 벌리거나(**하**) 입술을 오므려 내밀어(**호**, **후**) 원하는 자리에 소리와 함께 입김도 동그마니 내어놓아야 한다. 그 속도는 음악 용어로 치면 크레센도(Crescendo, 점점 더 세게)가 적당하다.

하, **호**, **후**의 닿소리(자음)는 모두 히읗이다. 히읗은 인체로 치면 머리와 같은 이응에 모자(ㅗ)를 씌워 정수리로 따스운 기운이 새어나가는 걸 막는다. 히읗은 성대를 막거나 마찰시켜서 내는 목구멍소리로 목에서 우러나온 진득한 깊이와 온전한 체온은 입김을 불 때 제대로 발현된다. 히읗이 온도를 높인다면 세 개의 홀소리(ㅏ, ㅗ, ㅜ)는 그 온도를 지키는 보온재 역할을 한다. 이때 온도의 지속성은 홀소리의 소리 길이에 비례한다. 입김을 불 때 쓰는 말이라는 점은 같은데, 세 단어는 그 안에서 미묘하게 달라진다. 대개 **하**는 언 손을 녹일 때, **호**는 통증을 줄일 때 자주 쓴다. 또 **후**는 입김을 불긴 불되 그 목적이 무언가를 데우는 **하**, **호**와 달리 대상의 열기를 한 김 식히거나 그 대상을 멀리 날려보낸다.

그래서인지 **후**의 온도는 **하**나 **호**에 비해 낮은 느낌이다. **하**나 **호**가 찬 손을 데우고 다친 손의 통증을 온기로 달랜다면 **후**는 데인 손을 한 김 식힌다. 힘들 때 내쉬는 감탄사 '후'의 온도 또한 의성의태어 **후**와 비슷하다.

그러고 보니 세 단어는 모두 감탄사로도 쓴다. '하'는 기쁘거나 슬프거나 화나거나 걱정스러울 때, '호'는 놀라거나 감탄할 때, '후'는 일이 힘에 부치거나 어떤 일로 시름할 때 절로 터져나오는 감탄사인데, 의성의태어일 때의 온도가 감탄사에도 온전히 깃든 점은 공교롭고 신비롭다.

이 책의 모든 말이 그렇듯 **하**, **호**와 **후**의 방향성도 그 뜻과 꼴에서 유추했다. 입을 기점으로 했을 때 입김을 부는 행위는 고개를 숙이든 치켜들든 굳건히 수평의 방향성을 유지한다. 바람이 가로채기 전까지 입김은 입이 터진 방향으로만 향한다. 미약하나마 찬 것을 데우고 더운 것을 식히는 **하, 호, 후**는 반듯이 나아가는 올곧은 말이다.

+ 이렇게도 써볼래요!

호가 가야 호가 온다!
'오는 말이 고와야 가는 말이 곱다'와 유사한 말로, 상대의 상처에 입김을 불어 따듯이 대하면 상대 또한 그에 상응하는 위로를 건넨다 되로 주고 말로 받는 요행을 바라기보다 먼저 선의와 호의를 베풀자는 의미다. 세상만사 욕이 가면 욕이 오고, 꽃이 가면 꽃이 온다.

2장

수직의 말

뿌

뿡

뿡

: 뀌다

뿌은 방귀를 짧게 뀌는 소리를 이르는 의성어로 이때 가운뎃소리(ㅜ)는 아주 짧게 발음해야 제격이다. 입술을 맞붙인 채 안으로 살짝 당겼다가 입술을 내밀어 터뜨리면서 제대로 발음하면 그 소리가 정녕 입에서 나는 소리인지 스스로도 헷갈릴 테다. 이때의 뿌은 두툼한 무언가를 찢고 나올 때의 소리와 모양이라는 또 다른 뿌과도 잇닿는데 방귀 소리의 출발지도 두툼한 가죽과 가죽 틈이니 그럴 만도 하다.

뿌만큼이나 뿡과 뿡도 방귀 소리를 모사할 때 자주 쓴다. 그 유명한 방귀대장 이름도 '뿡뿡이'가 아니던가. 공기나 가스가 구멍으로 터져나오는 소리를 이르는 뿡과 뿡은 냄새가 구리고 여운 또한 긴, 뿌 뀐 방귀보다 지독한 방귀에 잘 어울린다.

뿍은 잽싸게 치고 빠지는 방귀라 쿵 소리 나게 물건을 떨어뜨리거나 에헴 헛기침 소리로 가릴 수 있지만, **뽕**이나 **뿡**은 소리도 소리지만 냄새가 심해 단박에 가리기 어렵다. **뽕**과 **뿡**은 **뿍**과 달리 가운뎃소리(ㅗ,ㅜ)를 길게 발음해야 보다 실감난다. 발음 나는 대로 써 보면 '뽀오오오오옹', '뿌우우우우웅' 정도인데, 신기하게 실제로 그런 방귀 소리가 종종 들린다.

이 책의 글씨를 쓴 강병인 선생님은 <글씨 하나 피었네>라는 책에서 하늘(봄, 비, 별, 달 등), 땅(꽃, 길, 돌, 섬 등), 사람(꿈, 끼, 맛, 말 등), 곧 천지인으로 갈래를 나누어 쉰여덟 개의 한 글자 우리말을 소개했다. 그중 엉덩짝(ㄸ) 사이로 떨어지는(ㅗ) 똥덩어리(ㅇ)를 표현한 '똥'의 글씨는 특히 절묘하다.

마침 **뿍**과 **뿡**과 **뽕**의 첫소리(ㅃ)도 엉덩짝을 닮았다. 똥의 가운뎃소리(ㅗ)와 마찬가지로 **뿍**과 **뿡**과 **뽕**의 가운뎃소리(ㅜ, ㅗ)도 방귀의 방향성에 어울린다. 게다가 끌림 없이 절도 있게 꺾이는 **뿍**의 끝소리(ㄱ), 스리와 냄새의 긴 여운을 닮은 **뿡**과 **뽕**의 끝소리(ㅇ)는 단어의 본뜻을 한껏 북돋운다.

누워서 싸는 똥, 엎드려 뀌는 방귀는 얼핏 수평의 방향성을 가진 듯도 하지만 실상 똥이나 방귀 모두 입으로 섭취한 음식이 위장과 대장을 지나 항문으로 나오는 위에서 아래로의 여정을 따르기에 **뿍**과 **뿡**과 **뽕**을 2장 '수직의 말'에 임명한다.

+ 이렇게도 써볼래요!

뿡 가면 똥 온다!
'방귀가 잦으면 똥 싼다'와 같은 뜻으로, '아끼다
똥 된다'와는 영 다른 뜻이다. 어떠한 일이
일어나기 전에는 분명 그 기미가 생기기 마련인데,
그리 보면 **뿍**은 **뿡**의 기미이고, **뿡**은 똥의 기미다.
끝내 똥이 **뿡**의 결과이듯 땀은 복의 기미다.

똑
뚝

한 글자 의성의태어는 글자 수와 달리 그 뜻이 여럿인 경우가 많은데, **똑**과 **뚝**은 그중에서도 국가대표 격이다. 우선 **똑**은 무언가 떨어질 때, 부러지거나 끊어질 때, 두드릴 때 등 숱한 때 두루 쓰이니 육류로 치면 쇠고기 같다. 머리부터 꼬리까지 소머리국밥부터 소꼬리찜까지 만들어 먹듯 **똑**도 어느 한 획 버릴 데가 없다.

가령 이런 식이다. '창가에 **똑** 떨어지는 빗방울 따라 찻잔 위에 물로 쓴 한 방울 눈물 **똑** 떨어뜨린 후, 애꿎은 성냥만 똑 부러뜨리고 하릴없이 찻상을 **똑** 두드리다가 끝내 일어나 찻값을 치르려는데 아뿔싸, 돈이 **똑** 떨어졌네!'

눈치챘겠지만 마지막 **똑**은 앞선 네 개의 **똑**과 달리 하던 일을 갑자기 그치거나 무언가 다 써버렸을 때 쓰는 의태어로, 앞선 **똑**과 의미의 방향성이 다소 다르기에 이번 장 말고 맨 마지막 6장 '정지의 말'에서 다시 다루기로 한다.

똑과 **뚝**은 곧 소개할 **둥**, **붕**과 사뭇 대조적이다. 무언가 떠오를 때 쓰는 의태어 **둥**과 **붕**은 다소 느긋한 데 비해 **똑**과 **뚝**은 몹시 빠르다. 특히 **똑**은 눈깜짝할 사이에 이뤄진다. 이를테면 **똑** 떨어지는 대상이 눈물이든 물방울이든 **똑** 떼내는 대상이 씨앗이든 열매든 **똑**에 걸리는 시간은 대략 0.5초다. **똑**은 1초를 셀 때 쓰는 똑딱의 절반이니까.

똑의 큰말, **뚝**은 **똑**에 비해 보다 큰 물체가 보다 느리게 떨어지는 말로, 큰 물방울이 떨어질 때도 **뚝**이라 한다. 앞서 설명했듯 **똑**과 **뚝**은 무언가 부러지거나 끊어질 때, 따거나 떼낼 때에도 두루 쓰는 의성의태어인데, 만약 손가락뼈가 부러졌다면 **똑**, 어깨뼈가 부러졌다면 **뚝**이 알맞다. 무언가 떼낼 때도 그 대상이 앵두나 버찌라면 **똑**, 월급의 절반 혹은 동짓날 기나긴 밤 한 허리라면 **뚝**이 적당하다.

+ 이렇게도 써볼래요!

앞발이면 똑! 뒷다리면 뚝!
돌멩이를 두고 침착하다거나 바위를 두고
활달하다고 표현하지 않듯 의성의태어도 대상에
따라 적당한 말을 달리 써야 한다. 단 한 글자라도
격에 맞게 써야 이해가 빠르고 오해가 덜하다.

콩

쿵

퐁

풍

: 떨어지다

빠르게 연달아 발음하면 쿵후 영화 제목 같기도 한 **콩, 쿵, 퐁, 풍**은 모두 물건이 떨어지거나 부딪힐 때 나는 소리를 표현한 의성어다. 다만 떨어지거나 부딪히는 물건이 작고 가벼운지, 크고 무거운지에 따라 달리 쓴다. 작은말인 **퐁, 콩**은 작고 가벼운 물건의 소리, **퐁, 콩**의 큰말인 **풍, 쿵**은 크고 무거운 물건의 소리다.

네 단어는 모두 '떨어지는 소리'를 뜻하는 말인데 통상 부딪힐 때 더 많이 쓴다. 앞서 소개한 **똑**, **뚝**이 떨어지는 중, 곧 운동에너지가 큰 말이라면 **콩**, **쿵**, **퐁**, **풍**은 부딪히는 순간의 소리답게 충격에너지가 큰 말이다.

그에 비해 **퐁**, **풍**은 오로지 떨어지는 소리만을 이른다. **퐁**은 작고 무거운 물건이 얕은 물에, **풍**은 크고 무거운 물건이 깊은 물에 떨어지는 소리다. **퐁**이 돌멩이나 금쪽이 접시 물에 떨어졌을 때 나는 소리라면 돌덩이나 금덩이가 호수에 떨어졌을 때 나는 소리가 **풍**이다. **퐁**과 이어지는 '퐁당'은 작고 단단한 물건이 얕은 물에, **풍**과 이어지는 '풍덩'은 크고 무거운 물건이 깊은 물에 떨어지거나 빠질 때 나는 소리다.

이쯤에서 한번 짚고 넘어가자면, 우리말 홀소리는 '하늘(·), 땅(ㅡ), 사람(ㅣ)', 곧 자연의 일부인 천지인 모양을 본뜬 세 개의 기본 요소를 합쳐 만들어졌다. 해가 뜨는 동쪽에 하늘이 있거나(ㅣ) 땅 위에 하늘이 있는(ㅗ) 센홀소리(ㅏ, ㅑ, ㅗ, ㅛ, ㅘ, ㅚ, ㅐ 등)는 양성모음이라고도 하며, 대개 드러난 양지보다 가려진 음지가 크듯 센홀소리와 마주보는 여린홀소리(ㅓ, ㅕ, ㅜ, ㅠ, ㅔ, ㅖ, ㅝ, ㅟ 등)는 음성모음이라 한다.

'퐁당'이나 '찰랑찰랑', '오도독오도독'처럼 주로 센홀소리를 쓰는 작은말은 말맛이 작고 가볍고 밝다. '풍덩', '출렁출렁', '우두둑우두둑'처럼 주로 여린홀소리를 쓰는 큰말은 말맛이 크고 무겁고 어둡다. 이처럼 작은말과 큰말을 구분짓는 핵심 요소는 홀소리다.

퐁이나 '퐁당'은 가볍고 산뜻한 말맛이 나고, **풍**이나 '풍덩'은
그에 비해 둔중한 기운이 끼친다. 그 유명한 동요가 '퐁당퐁당'
인 이유도 건너편에 앉아서 나물을 씻는 누나 몰래 던진 것이
돌멩이이기 때문이다. 아마 바위를 던졌다면 노래 제목은 '풍덩
풍덩'이 되었을 테고, 그럼 냇물을 옴팡 뒤집어쓴 누나가 첨벙
첨벙 건너와 동생의 등짝을 있는 힘껏 후려졌을 테다.

어여 우유에 퐁당!
왜 양성모음인데 여린홀소리라 하고
음성모음인데 센홀소리라 할까. 밝음이 세고
어둠이 여리다 여겼는데 홀소리를 이를 때는
그 반대라 헷갈려서 여린홀소리 중 앞선
다섯 개의 홀소리(ㅓ, ㅕ, ㅜ, ㅠ, ㅔ)를 따
'태정태세문단세' 식으로 만들어본 문구다.
이해가 안 될 때는 덮어 놓고 외우자는 소리다.

둥도 앞선 **뽁**처럼 명함이 여러 개다. 큰북을 두드리는 소리를 뜻하는 의성어이며, 공중에 떠오른 모양을 이르는 의태어이자, 무슨 일을 하는 듯 마는 듯할 때 쓰는 의존명사이기도 하다. 쓰임새 많은 **둥**처럼 '둥둥'도 **둥**과 같은 뜻의 의성어이고 의태어이자 어린아이를 어를 때 쓰는 감탄사다. 다만 **둥**은 **뽁**, **뿍**처럼 아래에서 위로 '떠오르는' 중이라면, '둥둥'은 이미 떠오른 무언가가 '떠다니는' 중이라는 인상이 짙다.

이러나저러나 **둥**과 '둥둥'은 대가족이다. 의성어 **둥**은 '두리둥둥', 의태어 **둥**은 '둥둥'과 '둥실', '두둥실', 감탄사 '둥'은 '어화둥둥', '얼싸둥둥'과 한 핏줄이다. '아무 일도 안 하고 논다'는 뜻의 의태어 '빈둥빈둥'도 감탄사 '둥'과 일가친척으로 추정된다.

붕과 **둥**은 모두 공중에 들리는 모양을 표현할 때 쓰는 의태어다. 가운뎃소리(ㅜ)와 끝소리(ㅇ)도 똑같다. **둥**, **붕**의 가운뎃소리(ㅜ)는 이 책의 맨 처음에 소개한 **하**, **호**처럼 긴소리로 발음해야 본뜻이 잘 살아나는데, 떠오르는 속도가 느릴수록 길게 발음해야 말맛도 제대로 난다.

둥, **붕**은 첫소리(ㄷ, ㅂ)만큼 뜻도 미세하게 다르다. **둥**이 떠오르는 대상을 '기구나 풍선 따위'로 한정한 데 비해 **붕**은 형태상 좌우대칭을 이루는 첫소리(ㅂ)의 균형을 닮았는지 '무엇이든 띄워드릴게요' 정신으로 대상을 쉬이 가두지 않는다. 너무 띄우다 보니 영영 사라지게도 한다. 때로는 몸이 **붕** 뜨고, 수억 원이 공중으로 **붕** 사라지기도 한다.

둥, **붕**은 글자의 형태 자체도 첫소리(ㄷ, ㅂ)가 끝소리(ㅇ)을 대롱대롱 매단 모습이다. 뜻 그대로 **둥**, **붕**이 실제로 공중으로 떠오른다면 첫소리(ㄷ, ㅂ)은 열기구의 풍선 부분, 가운뎃소리(ㅜ)의 세로 획은 긴 줄, 끝소리(ㅇ)은 그 줄에 매달린 무엇에 해당한다. 바람에 줄이 춤추면 거기 매달린 이응도 새처럼 뒤따른다. 그러고 보니 디귿(ㄷ)은 오른쪽으로 아가리 벌린 채 날아가는 새대가리, 비읍(ㅂ)은 하늘 향해 아가리 벌린 채 날아오르는 새대가리 같기도 하다.

+ 이렇게도 써볼래요!

둥에 붙었다, 붕에 붙었다!
둥이나 **붕**이나 별 차이가 없는데도 제 잇속을
따져가며 이 편 저 편으로 가벼이 몸을 옮기는
이를 나무라는 말이다. 이런 사람과는 좋은
관계를 맺기 어려우니 저만치 떨어뜨려둔 채
아는 둥 모르는 둥 지내야 한다.

3장

사선의 말

삭
싹

: 베다

한글 닿소리와 홀소리는 그 소리가 만들어지는 기관에 따라 입술·혓바닥·혀끝·목구멍소리 등으로 구분한다. 그중 시옷은 윗니의 뒷부분이나 윗잇몸에 혀끝을 대야 소리가 나는 혀끝소리에 속한다.

(쌍)디귿과 티귿도 같은 혀끝소리로 혀끝이 윗니와 아랫니 사이에 닿았다 떨어지는 데 비해 시옷은 혀끝이 이에 닿지 않은 채 윗니와 아랫니 사이로 소리가 새어나온다. 실제 시옷의 '시' 또는 '스'를 발음하면 어디선가 스산한 바람 소리가 들려오는데, 소리에 힘을 실을수록 바람에 스미는 쇳소리도 커진다.

'사랑이라 말하면 문득 칼춤 소리가 들린다'던 한 시인의 말처럼 시옷은 금속성을 가진 닿소리다. 실제 '사'를 느긋이 길게 발음하면 어설피 칼이 칼집에서 빠져나오는 소리, 살모사가 모래밭을 스치는 소리가 들린다. 이번에는 '사'에 끝소리(ㄱ)을 더해 **삭**이라 하면 쇳소리의 서슬이 시퍼래진다.

'베다'는 날이 있는 물건으로 자르거나 가르거나 끊거나 상처를 낸다는 뜻이고, **삭**은 칼이나 가위로 종이나 헝겊 등을 거침없이 단번에 벨 때, 곧 자르거나 가르거나 끊거나 상처를 낼 때 쓰는 의성의태어다.

단칼에 두 동강을 내는 **삭**의 뜻을 곱씹으면 괜스레 칼끝에 손끝이 베일까 선득해진다. 한 번 가르고 한숨 쉬어가는 가윗날의 '사악, 사악' 소리 끝에 '아악' 소리를 질렀던 어린 날의 기억도 되살아나고.

한데 **삭**은 왜 **삭**일까. 칼이나 가위로 무언가를 베고 자를 때 나는 소리에 집중하니 정말 '각'도 아니고 '착'도 아니고 **삭, 싹** 소리가 난다. 마침 시옷은 두 개의 사선이 갈라지는 모양으로, 열린 지퍼나 세로로 긴 종이 가운데를 찢어 그대로 뒤집은 모양이다. 그래서인지 칼이라는 가늘고 얇고 날선 도구에는 역시 시옷이 잘 어울린다.

특히 **삭**의 첫소리(ㅅ)는 사선으로 두 번 벤 칼의 흔적을 옮겨 놓은 듯하고, 끝소리(ㄱ)는 첫소리의 쇳소리를 약화시키면서 동시에 베는 행위가 끝났음을 알리는 마침표 역할을 한다. 이윽고 **삭**과 **싹**이 지나간 자리에는 가늘고 선명하고 긴, 뱀 같은 자국이 뚜렷이 남는다.

사 자리에 삭 남는다!
여기서 말하는 사(巳)는 뱀이다. 뱀이 지나가면
뱀 소리가 난다는 뜻으로, 모든 사물은 저마다의
용적과 지위에 따라 그 자취 또한 다르다.
우연이든 필연이든 주체와 자취에는 언어의
유사성이 존재한다는 사실을 스산하게 알리는
말이다.

깩

끽　　　：소리치다

뺙

삑

나른한 주말 아침이면 알람 대신 **깩** 소리, **빽** 소리에 깨곤 한다. 정신을 가다듬어 귀 기울이면 "지금 말 다했냐니까?", "당장 차 빼!" 같은 성난 문장이 돌림노래처럼 들린다. 베란다 문을 열기 전까지는 열렬한 문장의 마지막 음절 '까'와 '빼'가 변형돼 **깩**과 **빽**으로 들렸던 모양이다.

"거, 잠 좀 잡시다!"는 우렁찬 경고에도 단단히 화가 난 그들은 "너나 조용히 해!"라고 응수해 가벼운 말싸움을 중심 기압 950헥토파스칼의 강력 태풍급 전란으로 키우기도 한다. 시간이 갈수록 성난 목청이 더욱 강력해지는 이유는 그들이 전하려는 바가 말이 아니라 감정이기 때문이다.

상대가 정말 말을 다 했는지 궁금한 게 아니라 새파랗게 어린 놈이 "나잇값 좀 하라"니 그 예의바르지 못함에 기가 차고, 버젓이 기어를 P에 놓은 채 한 시간째 연락 두절이다가 '차 좀 빼 주시겠어요?'라고 점잖게 말했는데도 미안한 기색 하나 없이 '볼 일 다 보고 가면 두 시간은 걸릴 텐데'라며 혼잣말인지 반말인지를 뇌까리는 상대 운전자에게 몹시 성났기 때문이다.

깩과 **끽**은 이처럼 놀라거나 충격을 받았을 때 새되게 지르는 의성어다. 새된 소리는 높고 날카로운 소리로 주택가에 자주 출몰하는 직박구리 울음소리를 연상하면 딱이다. **빽**과 **삑**도 **깩**과 **끽**처럼 새된 소리를 이르는 의성어이나 그 주체가 새, 사람, 기적 따위로 보다 구체성을 띠며 광범위하다. **빽**과 **삑** 소리를 고래고래 잘 지른다면 새소리나 기적 소리 모사도 분명 잘 할 테다.

모두 날카로운 소리를 뜻하는 **깩**과 **끽**, **빽**과 **삑**은 공교롭게 닮은 말도 뜻이 엇비슷하다. **깩**과 닮은 '꽥'은 목청을 높여 내지르는 소리고, **끽**과 혼동하기 쉬운 '끼익'은 차가 갑자기 멈추면서 내는 소리다. **빽**에서 끝소리(ㄱ)를 뺀 '빼'는 피리나 호드기(일종의 풀피리) 소리고, **삑**에서 끝소리(ㄱ)를 뺀 '삐'도 신호음 소리다. 모두 듣는 순간 귀를 막거나 미간을 찌푸리게 하는 소리다.

깩과 **끽**, **빽**과 **삑**은 말은 말이되 칼처럼 상대의 마음을 베기도 하는 날카로운 말이다. 칼이 된 말은 결국 자신에게도 상처를 남기니 가급적 쓰지 말자,고 쓰고 보니 마주한 거울에서 "너나 쓰지 말라니까! 헛소리는 빼!"라는 **깩** 소리, **삑** 소리가 들려온다.

깩 하면 진다!
'부러우면 진다'라는 문장을 변형한 말로 먼저
성내면 진다는 뜻을 담았다. 화는 내기는 쉽지만
참기는 어렵다. 화도 화장처럼 지우는 게
중요하다. 화를 다스리는 방법이 독서나 명상,
다도나 요가였다면 지금쯤 고승이 되었을 텐데
하필 집필이라 시정작가가 되었는가.

쨍　　　　　　　　　　　　: 내리쬐다

징과 꽹과리를 섞어 만든 악기가 있다면 그 이름은 '쨍'이 어떨는지. 분명 그 악기의 기운은 내리쬐는 햇볕을 닮아 징처럼 웅장하고 꽹과리처럼 기운차리라. 의태어 **쨍**도 그런 말이다.

햇볕이 강하게 내리쬐는 모양을 이르는 **쨍**은 장수의 칼이 엇갈리면서 나는 소리 같기도 한데, 마침 발음은 같되 뜻이 다른 의성어 **쨍**은 쇠붙이가 세게 부딪혀서 날카롭고 높게 울리는 소리다.

쨍에서 파생된 '쨍하다'가 일상에서 어떻게 쓰이는지 살피면 **쨍**의 윤곽이 보다 선명해진다. "햇볕이 쨍하네"라고 말하는 계절은 주로 여름이다. 이처럼 '쨍하다'는 말 그대로 햇볕이 강할 때 쓰는 형용사이고, 똑같은 모양의 동사는 쇠붙이, 유리나 얼음장이 부딪혀 날카로운 소리가 날 때 쓴다. 형용사든 동사든 '쨍하다'는 쨍처럼 하나같이 말맛이 세다.

의태어 **쨍**의 뜻풀이 '햇볕 따위가 강하게 내리쬐는 모양'을 이루는 단어 또한 모두 강력하다. 명사 '햇볕'은 그 자체로 온 우주를 밝히는 웅대한 힘을 가진 자연물이고, 형용사 '강하-다(물리적인 힘이 세다)'와 동사 '내리쬐다(볕 따위가 세차게 아래로 비치다)' 역시 힘찬 말이다.

흐리거나 구름 많은 날의 햇볕은 때로 약하거나 어슴프레 비치지만 강하게 내리쬐는 **쨍**의 햇볕은 그야말로 밝고 세차다. 푸른 고추를 짙붉게 만드는 여름날의 강렬한 햇볕, 염소뿔도 녹인다는 대서(大暑)에 내리쬐는 햇볕을 한 글자에 눌러 담은 말이 바로 **쨍**이다.

쨍은 감탄사 '짠'처럼 놀래키는 재주도 있다. 노상 어두운 반지하 하수구 옆 쥐구멍에 든 한줄기 **쨍**을 떠올려보라. 대번에 징과 꽹과리 소리가 들리지 않는가.

+ 이렇게도 써볼래요!

쨍 하고 달 뜰 날!
한마디로 오지 않을 날을 뜻한다. 달빛은 햇빛과
달리 대체로 은은하고 때때로 교교하다. 그 어떤
달도 쨍한 빛을 내지 않는다. 뽕밭이 푸른 바다가
될 날은 기다리면 올지도 모르나, 뽕나무에
버찌가 달릴 날은 영영 오지 않는다. 그처럼
기적과도 같은 순간에 쓰면 알맞은 말이다.

4장

사방의 말

꺽
꾸

: 트림하다

말은 뜻에 따라 방향성을 가진다. 말의 속내, 그 내밀한 의중을 세세히 살피면 때로 흐릿하던 방향성이 선명해진다. '트림하다'는 방향성이 확연히 그려지는 말이다. 트림은 음식이 잘 소화되지 않을 때 입으로 복받쳐 나오는 가스로, 이 트림의 방향성은 '세차게 치밀어 오르다'는 뜻의 '복받치다'가 뒤받친다. 한 번쯤 설움에 복받쳐 봤다면 알 테다. 복받침이 폐부 깊숙한 곳에 맺힌 응어리가 목구멍을 따라 수직 상승한 다음 기도에서 방향을 꺾어 수평으로 내달리다가 끝내 눈물과 콧물로 수직 하강하는 일임을. 하니 트림하는 소리를 이르는 의성어 **껙**과 **끅**은 수직과 수평의 방향성을 두루 아우르는 말이다.

신기한 대목은 위장에서 생성된 가스가 입에서 소리로 터져나오기까지의 행로가 **꺽**의 꼴에 그대로 깃들었다는 점이다. **꺽**에 기역이 무려 세 개나 든 연유인지 소리의 행로를 그리면 끝내 기역 자 모양이 된다. 크게 보면 **꺽** 자체가 큰 기역 자다. 순우리말로 된 의성어는 소리의 생성 원리나 소리의 형태를 꼭 닮았다는 점에서 기역과 **꺽**의 관계는 점입가경, 침소봉대보다는 일맥상통, 혹은 종두득두라 하겠다.

트림하는 소리를 담은 또 한 글자 의성어로는 **끆**도 있다. **꺽**이 그냥 트림하는 소리라면 **끆**은 '거칠게' 트림하는 소리다. 뜻에 유념해 다시 발음하면 확실히 **끆**이나 **꺽** 모두 말맛이 거칠다. 한글 홀소리의 세 가지 기본 요소 중 땅에 해당하는 'ㅡ'는 발음할 때 입술을 둥글게 오므리지 않고 옆으로 길게 벌린 채(안둥근홀소리), 입을 조금 열어 혀의 위치를 높이고(높은홀소리), 혀의 정점이 입 안 가운데 오게 (가온혀홀소리) 한다.

또 '一'가 높은홀소리인데 비해 'ㅓ'는 입을 크게 벌리고 혀의 위치를 가장 낮추어(낮은홀소리) 소리를 낸다. '一'와 'ㅓ'를 교대로 발음하면 두 홀소리의 소릿값 차이가 확연해진다. **끅**과 **꾹**을 번갈아 발음하면 **끅**은 내쉬던 숨이 멎고, **꾹**은 들이쉬던 숨이 멎는다는 차이를 발견한다.

여하간 **끅**과 **꾹**은 막힌 속을 뚫어 주는 고마운 말이다. 위장에서 차오른 가스가 아무 소리도 내지 않고 사라진다면 어떠할까. 남들 보기에는 깔끔할지 몰라도 실은 얼마나 답답할까. 역시 모든 배출에는 소리가 따라야 후련하다.

잘 먹어도 끅! 못 먹어도 꾹!
잘난 놈이나 못난 놈이나 먹고 싸기는
매한가지라는 뜻으로, 갓난아이부터 노인까지
사람은 먹으면 트림하는 존재라는 줄에서는 별
차이가 없음을 향기롭게 알린다. 이때 **끅**과 **꾹**은
실제 트림할 때처럼 실감나게 발음해야 제격이다.

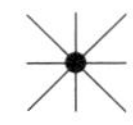

: 내뱉다

뭬

캭은 목구멍에 걸린 무언가를 빼내려 힘 있게 내뱉는 소리다. 소리의 강도로 보아 그냥 침보다는 사나흘 묵은 가래침이나 목구멍에 단단히 걸린 가시, 노래 부르다 잘못 삼킨 날벌레, 몹시 사나운 소리 등을 내뱉을 때 하는 말이다.

거센 숨소리를 동반하는 닿소리 키읔은 무언가 목에 걸려 걸걸해진 목소리를 표현할 때 알맞다. 마침 키읔과 캭은 기역과 꺽의 관계와도 닮았다. 구강에서 기도로 꺾이는, 수평에서 수직으로 이어지는 구조 또한 비슷하다. 다만 캭의 가운뎃소리(ㅑ)는 '내뱉는다'는 뜻에 걸맞게 소리 또한 세로 획을 기준으로 밖으로 향하는 힘이 보다 강하다는 점에서 꺽과 다르다.

캭과 비슷한 의성어로 '칵'과 '캑'이 있다. '칵'이 목구멍에 걸린 무언가를 '힘있게' 내뱉는다면 캭은 목구멍에 '깊이' 걸린 무언가를 내뱉으려 목구멍을 '좁히고', '캑'은 무언가를 내뱉거나 목이 막혀서 목청에서 '간신히 짜내는' 말로 세 단어는 엇비슷하면서도 미묘하게 다르다.

캭과 '캑'은 목구멍에 무언가 단단히 걸린 만큼 내뱉으려 할 때도 애쓰는 기색이 역력하다. 목에 걸린 무언가가 크고 단단할수록 그 소리도 커지는 말이다. 요컨대 목구멍에 걸린 무언가의 위험 수위가 가장 낮은 말은 '칵', 그 다음이 캭, 마지막이 '캑'이다.

여기서 짚어야 할 또 한 가지 말로는 **퉤**가 있다. 침이나 입 안에 든 음식물 등을 내뱉을 때, 또는 듣기 싫은 소리나 되돌려주고 싶은 모욕 등을 응축해 쓰는 **퉤**는 실은 자주 쓰지 않기를 바라는 말이다. 침이나 입 안에 든 무엇을 꼭 내뱉아야 한다면 다른 사람이 듣기에 거슬리지 않도록 소리를 줄여야 하거늘 요란한 **퉤** 소리는 심심찮게 들린다.

비단에 꽃 수를 놓은 격의 말도 많은데 **퉤**가 **캬**을 만나면 눈 위에 서리가 덮이는 설상가상의 풍경이 연출된다. 그 소리를 들은 귀도 소리를 낼 수 있다면 똑같이 되돌려주고 싶어진다. "**캬, 퉤!**"

+   이렇게도 써볼래요!

맞바람에 퉤 뱉기!
'누워서 침 뱉기'와 유사한 뜻으로, 시도 때도 없이 뱉고 싶은 대로 아무렇게나 침을 **퉤** 뱉다가 호되게 당할 날 오리라는 예언 같은 저주다. 실제 자동차 운전석 문을 열고 **퉤** 뱉은 침은 멀리 가지 못하고 바로 뒷좌석 유리창에 붙지 않던가.

꿱

웩

높은 목소리로 지르는 큰 소리 **꿱**은 구역질이 나 토할 때도 불려나온다. **꿱**과 닮은 **웩**은 토할 때나 쫓을 때 쓰는 말이다. **웩**은 '갑자기, 마구' 토한다는 점에서 그냥 토하는 **꿱**과 다르다. 토의 격렬한 정도로 따지면 **웩**이 한 수 위다. 둘 다 겹홀소리(이중모음)을 쪼개어 '꾸엑'이나 '우엑'이라고 발음하면 그 뜻이 보다 실감난다.

토하기는 단재 신채호 선생의 세수처럼 허리 곧추세우고 꼿꼿한 자세로 하기 힘들다. 그럼 토사물이 턱을 타고 줄줄 흐르고 말 테니까. 토하기의 정석은 변기와 마주본 자리에 앉아 경건히 무릎 꿇고 두 손으로 변기 테두리를 붙잡고 변기 안에 얼굴과 머리의 경계선까지 밀어 넣은 채 위장의 울렁임을 따르는 물결 춤추기로 이어진다. 그리 하면 대충 쉽다 급히 삼킨 고기나 떡 등이 본모습 그대로 돌아나오기도 한다.

뒤이어 눈물과 콧물까지 한바탕 쏟아내면 사지의 기운이 다 빠져 결국 화장실 바닥에 털썩 주저앉아 급히 혹은 많이 먹은 지난날을 반성하게 된다. 위장에 머물러야 할 위액이 식도 혹은 기도로 역류한 자취는 참으로 씁쓸하지만 그래도 **꿱**, **웩** 게우고 나면 한결 시원하다. 편해진 속으로 분명 과오를 되풀이할 테지만 일단 오늘만은.

+ 이렇게도 써볼래요!

너나 웩 하세요!
불과 몇 년 전만 해도 회식은 절대 빠져서는
안 되고, 상사에게 받은 술잔은 반드시 비워야
한다는 문화가 팽배했다. 요즘은 회식 대신
영화나 전시 관람 등 문화 체험하는 풍토가 널리
퍼졌음에도 회식 때 실컷 마셔보자는 이에게
이리 속삭여도 무방하지 않을까.

흠
흑
흥
:들이마시다

어떤 냄새를 맡거나 숨을 들이쉬면 **흠** 소리가 난다. 사방의 공기를 두 콧구멍으로 힘껏 빨아들이면 양쪽 콧방울이 가운데 코뼈 아래 연골에 달라붙으려는 듯 좁아진다. 애써 **흠** 소리를 크게 내면 절로 심호흡이 될 정도다.

흠이 숨을 들이쉬는 말이라면 **흑**은 숨을 들이쉬고 내쉬는 말이다. **흑**은 채팅할 때도 자주 쓰는데, **흠**처럼 정말로 울 때 **흑** 소리가 날까. 동물은 자신의 이름을 부르며 우는 경우가 많다. 개구리(개굴), 귀뚜라미(귀뚤), 까마귀·까치(깍깍), 꾀꼬리(꾀꼴), 따오기(따옥), 매미(맴맴), 맹꽁이(맹꽁), 베짱이(베짱), 부엉이(부엉), 뻐꾸기(뻐꾹), 소쩍새(소쩍) 등이 숱한 예다. 그렇다면 사람도 '사람사람', '인간인간' 이렇게 울어야 할 텐데 염소(매매), 솔개(비오), 고양이(야옹), 참새(짹), 말(히힝)처럼 제 이름과 다르게 **흑 흑** 운다.

사람의 울음소리는 다른 동물과 달리 우는 이의 연령과 울음의 세기에 따라 세세히 나뉜다. 종일 먹고 싸고 자는 아기는 이 모든 욕구를 울음으로 표현하기에 우는 말도 다채롭다. 갓난아이는 '응애', 젖먹이는 '으아·으앙', 어린아이는 '앙·잉잉' 운다. 울음의 세기는 목을 놓아 크게 우는 '엉엉', 귀가 멍멍하게 울릴 정도로 크게 우는 '왕', 소리를 마구 지르며 우는 '애고대고', 목이 멜 만큼 요란하게 우는 '꺼이꺼이' 순으로 커진다.

비록 한 글자이긴 하나 설움에 북받쳐 거친 숨을 쉬며 우는 **흑**은 거기에 흐느낌을 더한 '으흐흑', 몹시 슬프게 우는 '애고지고' 못지않게 서러운 울음이다. 실제 너무 서러우면 딸꾹질처럼 절로 **흑** 소리가 난다.

흠과 반대로 코를 풀거나 콧김을 부는 의성어로 **흥**이 있다. 흔히 비웃거나 아니꼬울 때 쓰는 감탄사 '흥'과 다른 **흥**이다. 엄마가 엄지와 검지로 아이의 콧볼을 누르며 "**흥** 해, **흥**" 할 때의 그 **흥**, 그럼 또 아이는 있는 콧물, 없는 콧물 다 짜내며 "**흥, 흥!**" 할 때의 그 **흥**이다. 그러고 보니 엄마는 자식에게 평생 같은 말을 한다.

"내 새끼 흥(興)해라, 흥(興)해!"

+ 이렇게도 써볼래요!

흥 하다 망한다!
뭐든 억지로 하면 탈난다. 콧물은 흐르거나
고였을 때 살짝 풀어야 하는데 답답한 코막힘을
해소하려 너무 세게 코를 풀다가는 자칫 코나
귀에 심각한 문제가 생기기도 한다. 억지로
흥흥거리다가는 뒤늦게 오만 물 짜내며
흑흑댈 수도 있을지니.

박

벅 쪽

북 쭉

찍

박 하면 대번에 박과 식물로 만드는 바가지부터 떠오른다. 그리고 갑자기 무언가 긁고, 문대고, 찢고 싶어진다. 가마솥의 누룽지를 박박 긁고, 돌쩌귀에 헌 운동화를 박박 문대고, 늘 예상보다 많이 나오는 카드 대금 고지서를 박박 찢던 순간의 쾌감이 떠오른다. 흔히 '박박'이라고 쓸 때가 많은데 한 글자 의성의태어 **박**도 같은 뜻이다.

벅도 **박**처럼 '벅벅'의 형태로 긁고, 문대고, 찢을 때 두루 쓰는데 유독 긁을 때 애용된다. 모기 물린 발바닥을 벅벅, 가려운 등도 벅벅 긁는다. **박**, **벅**과 비슷하지만 주로 찢을 때, 그러니까 치맛단을 **북** 찢고, 한지를 **북** 찢고, 북어를 **북** 찢을 때 쓰는 **북**은 **박**, **벅**과 달리 한 글자로도 많이 쓴다. 세 단어와 발음이 비슷한 영어 단어(bark, birk, book)가 있는데, 아무래도 **박**, **벅**, **북**은 오(oh)처럼 언어권을 초월해 쓰임새 많은 말인가 보다.

빡이나 **뻑**처럼 종이나 천을 찢을 때, 줄이나 획을 그을 때 쓰는 말로는 **쪽**(jork), **쭉**(juke), **찍**(zig)이 있다. '작'도 같은 뜻을 가졌으나 앞선 세 단어에 비하면 사용 빈도가 낮다. **박**, **벅**, **북**은 일상에서 **빡**, **뻑**, **뿍**의 사용 빈도와 비등비등해 보이는데 **족**, **죽**, **직**은 **쪽**, **쭉**, **찍**이라 쓰는 경우가 많다. 아무래도 예사소리로는 성이 안 차 된소리로 쓰나 보다.

쪽, **쭉**은 특히 용도가 다양하다. **쪽**은 물건이 고르게 늘어선 모양(고무신이 **쪽**), 이어지는 모양(길 따라 **쪽**), 액체를 들이마시는 모양(식혜를 한 입에 쪽), 빠는 소리(빨대로 **쪽**), 펴거나 벌리는 모양(두 다리를 **쪽**), 갈리지거나 벗겨지는 모양(바닷길이 **쪽**), 액체가 모조리 빠지는 모양(세숫물이 **쪽**), 물기나 살, 기운이 빠지는 모양(기름을 쪽, 살이 **쪽**), 입맞춤하는 소리(이마에 **쪽**), 윤곽이 매끈한 모양(선이 **쪽**), 산뜻하게 차려입은 모양(양복을 **쪽**)을 이를 때도 두루 쓴다.

쭉은 거침없이 말하는 모양(사정을 **쭉**), 훑어 보는 모양(주위를 **쭉**), 같은 상태로 계속되는 모양(학교에 **쭉**) 등의 뜻으로도 쓴다. 그에 비해 **찍**은 줄이나 획을 그을 때, 종이나 천 따위를 세게 찢을 때 등 두 가지 용도로 쓸 때가 많다. 아, 침 뱉을 때 혹은 미끄러질 때 쓰는 '찍'과 쥐나 새가 울 때 쓰는 '찍'은 지금 다루는 **찍**과 소리는 같고 뜻은 다른 말이다.

긁고 문대고 찢는 행위는 모두 힘차다. 해서 **박, 벅, 북, 쪽, 쭉, 찍**도 정한 데 없이 천지사방 자유롭다. **박**차고 나아가 **벅**차고 힘차게 **북** 치는 아이처럼!

바가지를 박박, 쪼가리를 쪽쪽!
바가지는 박의 속을 긁어내 물건을 푸거나 담는 국자나 그릇 대용으로 쓰는 물건이다. 박 속을 긁을 때는 흔히 '박박', 종이 쪼가리를 찢을 때는 '쪽쪽'이라 표현한다. 이처럼 대상과 그 대상을 향한 행위를 이르는 언어 사이에 동일성 혹은 유사성이 존재하다니 그저 신기하다.

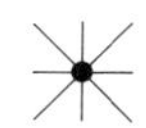

콕
쿡

: 찌르다
박다
찍다

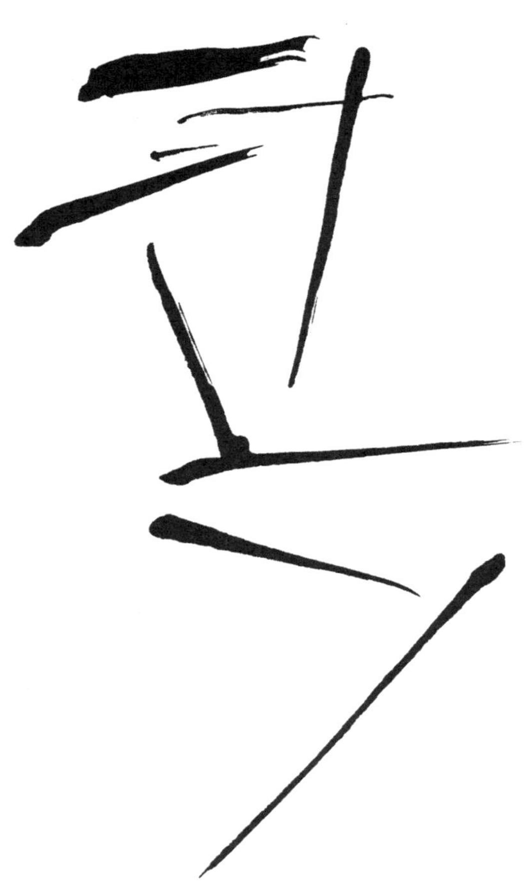

닿소리 기역은 여린입천장(연구개)에서 소리가 나며, 혀뿌리로 날숨을 막았다가 터트리듯 소리를 내는 터짐소리(파열음)다. 때로 '국물'을 발음할 때처럼 뒤 음절의 첫소리에 따라 앞 음절의 끝소리가 울림소리로 바뀌어 '궁물'이 되기도 하지만, '뭇국'처럼 한 단어의 끝소리로 쓰일 때는 울림 없이 각진 말이다. 기역의 거센소리이자 기역에 가로 획을 더한 키역도 기역과 마찬가지로 여린입천장소리이자 터짐소리다.

이러한 키역을 첫소리로, 기역을 받침소리로 쓰는 **콕**과 **쿡**에서는 거칠게 들이밀고 각지게 끝맺는 말맛이 난다. 둘 다 찌르고, 박고, 찍는 모양을 이르는 의태어로 **콕**은 '작게 또는 야무지게', **쿡**은 '크게 또는 깊이' 등으로 태도나 강도만 다르다.

콕과 쿡의 의미를 이루는 서술어 중 '찌르다'는 들이밀거나 꽂아 넣고, '박다'는 꽂거나 들여 넣고, '찍다'는 내리치거나 찌르거나 뚫는다는 의미다. 모두 주먹보다는 손가락, 망치보다는 송곳이 어울리는 말이다.

일상에서 흔히 쓰는 콕은 용기 뚜껑에도 콕 박혀 있다. 한 식품 회사에서 출시한 사발면 이름은 아예 '콕콕콕'인데 뚜껑에 표시된 여러 개의 동그라미 모양을 젓가락으로 콕 찔러 물을 따라내는 점이 특징이다.

만능의 콕은 쪽집게 강의 제목에도 쓰고, 고객의 취향이나 연령에 맞춤한 여행 상품 이름에도 자주 등장한다. '입조차 열고 싶지 않다. 호텔에서 나홀로 콕!', '손흥민, 태극기 든 팬 콕 집어 유니폼 선물' 등 숱한 기사 제목에도 맞춤한 콕이 마침맞게 자리한다.

콕은 팔꿈치로 옆구리를 슬쩍 찌를 때도 쓰는데, 이러한 행동을 이르는 영단어는 책 제목이기도 한 넛지(Nudge)다. 저자는 넛지를 자유를 띤 개입이라 정의한 후 대중의 행동을 변화시키는 묘안을 제시하며 독자의 옆구리를 **콕** 찌른다.

그렇다면 **콕**과 비슷한 **쿡**의 쓰임새는 어떻게 다를까. 아랫배가 **쿡** 쑤신다고 할 때의 **쿡**은 야무지게 힘주어 누르거나 찔 때 쓰는 '꾹'과 비슷하다. 슬쩍 찌르고 재빨리 빠질 때는 **콕**이, 은근하고 깊이 찌를 때는 **쿡**이 어울린다. "같이 살아 볼래?" 할 때는 옆구리 **콕** 찌르고, "그만 살아 볼래?" 할 때는 도장 **쿡** 찍는다.

+ 이렇게도 써볼래요!

콕을 쿡하냐?
마침 우리말 콕, 쿡과 똑같은 발음의 영단어가 존재한다. 콕(coke)은 콜라의 한 상표명을 줄인 말이고, 쿡(cook)은 '요리하다'는 뜻이다. 영어로 표현하자면 'Do you cook coke?'에 해당하는 이 문장은 '떡 찧으러 달나라에라도 갔나?'라고 할 때와 비슷한 뜻으로 쓸 만하다.

쏙

쑥

: 들어가거나
내밀다
올라가거나
내려가다

앞서 소개한 **쪽**과 **쭉**은 각각 열 개가 넘는 뜻을 가진 '팔방미어'다. **쏙**과 **쑥**도 만만치 않다. 모두 '뜻부자'다. 안으로 들어가거나 밖으로 내미는 모양(허리가 **쏙**, **쑥**), 밀어 넣거나 뽑아내는 모양(배추를 **쏙**, **쑥**), 대번에 빠지거나 터지는 모양(눈물이 **쏙**, **쑥**), 기운이나 살이 줄어든 모양(힘이 **쏙**, **쑥**), 어떤 일에 제외되거나 참여하지 않는 모양(한발 뒤로 **쏙**, **쑥**), 때가 깨끗이 없어지는 모양(얼룩이 **쏙**, **쑥**), 거리낌 없이 경솔하게 말하는 모양(대화에 **쏙**, **쑥**), 옷차림이나 몸매가 매끈한 모양(양복을 **쏙**, **쑥**), 갑자기 정신이 확 나가는 모양(얼이 **쏙**, **쑥**) 등 아홉 개의 뜻은 공통으로 쓴다.

여기에 **쏙**은 다음 네 개의 뜻, 기억이나 인상이 아주 선명하게 새겨지는 모양(귀에 **쏙**), 어떤 것에 매우 탐닉하는 모양(게임에 **쏙**), 마음에 꼭 드는 모양(마음에 **쏙**) 생김새나 차림새 따위가 꼭 닮은 모양(엄마를 **쏙**) 등을 보태 모두 열세 개의 뜻이 있다. 갑자기 올라가거나 내려가는 모양(기량이 **쑥**), 앞으로 나아가거나 앞에 불쑥 나타나는 모양(갑자기 **쑥**) 등 **쑥**도 총 열한 개의 뜻을 가진 말이다.

뜻이 많은 말은 많지만 이토록 모든 뜻이 고루 잘 쓰이는 한 글자 의태어는 드물다. '들어가다'와 '내밀다', '밀어 넣다'와 '뽑아내다'와 같이 상반된 뜻에도 **쏙** 들어맞고, 빠지거나 터지거나 줄어들거나 제외되거나 없어질 때도 두루 쓰다니!

그러고 보니 **쏙**, **쑥**은 각각 소리는 같고 뜻이 다른 생명체의 특성과도 닮았다. 갯벌에 사는 절지동물인 쏙은 모래밭에 긴 굴을 파 그 속에 **쏙** 들어가 살고, 사람은 그 쏙을 잡아다 껍질을 벗기고 살만 **쏙** 빼먹곤 한다.

국화과에 속하는 쑥은 한 다발만 먹으면 곰도 사람으로 만든다는 전설의 약초로, 쓴맛이 나는데도 널리 사랑 받는다. 몸의 습기와 냉기를 말리는가 하면 자궁을 따뜻하게 해 여성병 치료에도 특효인 약용 식물이자 국 끓여 먹고 떡 해 먹고 차로도 끓여 먹는 전천후 들나물이다. 정녕 쑥은 **쏙**처럼 오만 데 요긴한 풀이다.

그러고 보면 한 글자 의성의태어는 **쏙**, **쑥**처럼 어디든 **쑥** 들어가 언제나 **쏙** 빠져들게 한다.

쏙은 쏙 들어가고 쑥은 쑥 자라난다!
'박을 박박 긁기'처럼 대상과 그 대상을 표현하는
의태어 사이의 절묘한 유사성을 표현한 말이다.
맘마 찾다 엄마 찾고 아파하다 아빠 찾듯
닮은 말은 어쩌면 한 갈래에서 나왔을지도
모른다. 닮아서 가족이 아니라 가족이라서
닮은 건지도.

쏴
쏴
쌩
씽

: 스치다

바람의 종류는 무한하다. 바람은 때와 장소에 따라 달라진다. 아침과 저녁 바람이 다르고 강과 바다의 바람이 다르다. 바람의 방향과 강도도 매 순간 다르다. 다양한 바람만큼 바람 이름도 갖가지다.

가마 타고 쐬는 가맛바람, 살을 에듯 차가운 고추바람, 도리깨질에 이는 도리깨바람, 부드러운 명주바람, 사납게 불어대는 미친바람, 갑자기 몰아치는 벼락바람, 그보다 더한 싹쓸바람, 이른 봄에 스미는 소소리바람, 틈으로 거세게 들이차는 황소바람 등 그 이름이 귀에 선 바람도 많은데, 모두 언젠가 맞아본 바람이리라. 신바람, 춤바람, 치맛바람, 피바람까지 바람은 품만큼 오지랖도 참 넓다.

바람 부는 소리와 모양을 담은 의성의태어도 바람의 수만큼은 못 돼도 꽤 많고, 한 글자 의성의태어도 숱하다. 그중 비바람과 파도를 표현할 때 쓰는 **솨**, **쏴**는 틈 사이로 바람이 스치는 소리다.

틈으로 바람이 몰아쳐 불면 '쇄, 쐐', 틈이 아니라 열린 데서 바람이 세차면 **쌩**, 그보다 바람이 세면 **씽**이다. 이중 '쇄, 쐐'는 발음하기 어려워 그런지 잘 쓰지 않는데 **솨**와 **쏴**는 신나는 추임새로, **쌩**과 **씽**은 광고문이나 상품명에도 종종 등장한다.

쇠와 **쐬**의 기운은 호방하다. 이 두 단어를 활자로 처음 접한 데는 신일숙 작가의 <아르미안의 네 딸들>이라는 만화책이다. 지금처럼 웹툰이 없던 때라 만화를 주로 책으로 보았다. 멈춘 그림에 사실감을 더하려 만화책에는 동화책 못지않게 의성의태어가 자주 등장했는데, 그중 **쇠**와 **쐬**는 오른쪽 위에서 왼쪽 아래를 향해 그은 가파른 곡선 옆에 크게 쓰여 있곤 했다. 주인공이 들판에 서서 거친 비바람을 맞거나 계곡에서 멱 감을 때 자주 등장하는 표현이었다.

수많은 의성의태어처럼 **쇠**와 **쐬**는 실제 바람 소리라기보다 바람의 기세와 분위기를 형상화한 말이다. 하긴 초 단위로 바뀌는 바람 소리를 어찌 한낱 사람의 말에 가두련가. 지금 당장 들리는 문밖의 바람 소리만 해도 '우어이잉쿠아이후히힉'인데 말이다.

솨와 **쏴**는 바람 말고 물결에도 공히 쓰는데 바람이나 물이나 그 흐름을 막을 수 없고, 물은 바람을 따르기 때문일까. **솨**와 **쏴**는 바람이나 물이 흘러가는 형상을 닿소리(ㅅ, ㅆ)와 홀소리(ㅘ), 단 두 개에 담은 진정 **솨** 하고 **쏴** 한 말이다.

반면 **쌩**과 **씽**의 인상은 만화영화에서 단단해졌다. 재빨리 도망치는 주인공의 두 다리가 어느 순간 달리는 자동차 타퀴처럼 둥글게 변하다가 너무 빨라 보이지 않을 때의 효과음으로 **쌩**과 **씽**이 등장했다. 끝소리(ㅇ)를 바퀴 삼은 말은 끝내 화면 밖으로 **쌩, 씽** 서서히 사라지곤 했다.

돌이켜보니 방바닥에 엎드려 손톱 밑이 노래지도록 귤 까먹으며 만화책과 만화영화를 브며 키득거리던 어린 시절이 눈 깜빡할 새 **쌩** 지나가버리고 어느새 귀밑에 하이얀 눈바람이 **씽** 불어왔누나.

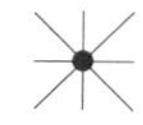

**핑
퐁
휙
확**

: 빠르게 움직이다

핑은 총알이 공기를 가르며 빠르게 지날 때, **퐁**은 총알이 가까이서 날아가며 날카롭게 지날 때 쓴다. 총을 맞으면 피가 나서 **핑**, 표가 나서 **퐁**인 줄 알았건만.

정말로 총알이 공기를 스치며 지나가면 정말 **핑**이나 **퐁** 소리가 날까. 실내 사격장의 총알은 작고 동그란 표적에 닿아서야 들릴 동 말 동 통 소리만 나던데. 아쉬운 대로 총소리 효과음을 찾아봤다. 총소리는 총알이 어딘가에 닿기 전까지 장전 소리, 발사 소리, 총알이 날아가는 소리 등 크게 세 단계로 나뉜다. 실탄이나 탄창을 장전할 때는 쇠로 된 부속이 서로 맞부딪히며 '철컥, 찰칵', 카메라 셔터와 비슷한 소리가 난다. 발사 소리는 무언가 터져나가는 소리로 굉음을 내며 질주하는 비행기 추진 소리를 닮았다. '쿠앙, 투앙, 푸앙' 등 꽁지에 불 붙은 모습이 그려지는 소리다.

114

마침내 총알이 공중을 가를 때 나는 영상을 찾았다. 정말 **핑**, **퐁** 소리가 난다. 피읖은 두 입술 사이로 소리가 나는 입술소리(양순음)이며, 폐에서 나온 공기를 일단 막았다가 터트리는 터짐소리(파열음)다. 이때의 터짐은 화염과 함께 출격하는 총알의 운동성을 닮았다.

재미난 점은 **핑**은 눈물이 맺힐 때, **퐁**은 고인 물에 물방울이 떨어질 때도 쓴다는 점이다. 총알 빗기는 소리와 눈물 맺히는 소리, 물방울 떨어지는 소리가 어찌 닮았을까 곰곰히 헤집어 보니 마침 총알이 눈물방울 모양이다.

한편 우리네 총알, 화살은 나무 회초리와 비슷한 **휙** 소리를 낸다. 속도가 초속 50미터 남짓한 화살보다 대여섯 곱절은 빠른 총알은 **휙**처럼 겹홀소리(ㅟ)를 쓸 시간이 없어 **핑**, **퐁** 날아가는가. **휙**은 바람이 세차거나 빠르게 불 때뿐 아니라 무언가 급하고 재빠른 행동에 다 어울리는 말이다. 고개를 **휙** 돌리고, 소금을 **휙** 뿌리고, 휘파람도 **휙** 분다.

확은 앞선 글의 **쐬**나 **쏴**와 '바람 부는 소리'가 아니라 '바람이 끼치는 모양'이다. 바람 자체보다 바람의 기세가 미치는 영향력을 아우른다 할까. 그물에 걸리지 않는 바람, 뭇 생명을 살리고 죽이는 바람의 위력을 가진 **확**은 그래서 뭐든 덮친다.

확은 그 대상이 무엇이든 버둥거리게 한다. 화염과 폭염, 혹은 병마, 때로 부끄러움이 **확** 덮치면 당최 벗어나지 못한다. 그처럼 미약할 때 사람은 때로 허풍선이가 된다. "이걸 **확** 그냥!" 바람 흉내를 낸다.

+ 이렇게도 써볼래요!

인생은 핑퐁!
유수 같은 세월처럼 한 사람의 생도 총알처럼
빨리 흘러간다. 트로트 제목으로도 어울릴 듯해
노랫말을 한 번 지어보았다.
세월은 유수로다. 흘러가면 못 잡노니.
사랑은 핑퐁이다. 주고받다 내려놓기.
인생은 핑퐁이다. 승자 패자 따로 없지.

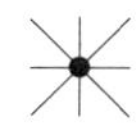

팩   : 쓰러지다

픽

초등학교 시절, 매주 월요일 아침마다 전교 조회를 했다. 운동장 한가운데 1학년부터 6학년까지 학년별, 반별로 두 줄 나란히 서서 '에~'만 빼도 10분은 줄어들 교장 선생님의 훈화 말씀을 들었다. 기나긴 말씀은 늘 도덕 교과서 한 쪽을 찢어 읽은 양 올바르고 지루했다.

"에, 이제 1학기가 시작되었습니다. 에, 겨울 방학이 끝난 지가 언젠데 아직도 늦잠 자느라 에, 지각하는 학생이 많습니다. 에, 문득 이런 시조가 떠오릅니다. 에, 동창이 밝았으니 노고지리 우짖는다. 에, 소를 칠 아이는 여태 아니 일어났느냐. 에, 고개 넘어 사래 긴 밭을 언제 갈려 하느냐. 에, 자고로 게으른 사람은 절대 훌륭한 사람이 못…"

“우리집에 소 없는데요!” 누군가의 낮은 대구에 다들 키득거리면 방금까지 우리보다 더 지루한 표정이던 담임 선생님이 다가와 “조용! 조용!” 큰소리친다. 한 방 터뜨린 학생은 “교장샘, 조용하시라는데요!” 외치다가 결국 끌려나가고, 교장 선생님의 훈화는 국민교육헌장과 겨루려는 듯 지루한 수위를 한층 드높인다.

발끝으로 두더지굴을 팠다가 덮었다가 ‘마이크야, 고장나라! 소나기나 쏟아져라!’ 기도할 적에 급기야 전학생이 쓰러지고 만다. 놀란 담임 선생님은 전학생을 안고 양호실로 달려가고, 짐짓 아니 놀란 척하던 교장 선생님도 급히 말을 거둔다.

유난히 낯빛이 하얀 전학생이 빈혈 환자라는 사실이 알려지면서 조회 때마다 전학생을 주시하는 눈빛이 늘어났다. 누군가는 전학생에게 제발 훈화가 시작되자마자 쓰러져 달라고 부탁하기도 했다. 간절한 부탁에 화답하듯 전학생은 조회 때마다 세시, 다섯 시, 일곱 시, 열한 시 방향으로 마구 쓰러졌다. 어느 월요일 아침, 지겨운 훈화가 정점에 달한 순간 문득 나도 모르게 전학생을 쳐다봤다. 순간, 그 마음을 읽었는지 전학생이 또 쓰러졌다.

픽! ⚎⚏

팩, **픽** 쓰러지던 전학생은 얼마 안 가 다시 전학을 가버리고 말았다. 지루한 훈화를 더는 견딜 수 없어 떠났다는 소문이 파다했고, 우리는 남은 학년 내내 그녀를 그리워했다. 선 자세 그대로 전학생이 쓰러지던 모습은 훗날 IMF로 쓰러진 아버지의 모습과 겹쳐졌다. 더는 버틸 수 없어 중력에 기대려는 듯 맥없이, 덧없이 **픽!**

그러다 픽 간다!
실제 한의원에서 만난 동네 할머니에게 들은 말이다. 젊은 날에 몸 귀한 줄 모르고 마구 놀면 나이 들어 오만 병치레로 고생한다고. 건강을 잃으면 평양감사보다 저승사자 만날 날이 가까워진는 사실을 일깨우는 섬뜩한 말이었다.

착
척
축

: 달라붙다
늘어지다

어린 시절 **착**과 **척**은 밥상머리에서 자주 들었던 말이다. 배추를 100포기도 아니고 1,000포기씩 절이는 엄마에게 미안했던지 김장김치를 얻어먹던 이웃은 "김치가 아주 입에 **착** 달라붙네!" 크게 상찬하곤 했다.

일곱 살 아이는 '배춧잎이 입에 달라붙으면 못 삼키지 않나' 의문이 들었지만 그 말을 굳이 입 밖에 내지는 않았다. 곰살맞은 이웃의 말에 기분 좋아진 엄마는 그들의 밥술에 너른 배춧잎을 **척** 얹어 주곤 했다.

조금 더 자라서는 연인에게 '사랑해'보다 자주 들려 주던 말이 **착**과 **척**이었다. 유칼립투스나무의 코알라처럼 어딘가 매달리기 좋아하던 상대는 "**착** 달라붙지 좀 마!" 큰소리쳐야 겨우 떨어져 나갔다. 결국 헤어질 때도 유리병 바닥의 스티커 자국처럼 **착**, 머리칼에 뒤엉킨 껌처럼 **척** 엉겨붙어 한동안 힘들게 했다.

더 자라서는 사방팔방의 팔불출 부모들에게서 **착**과 **척**을 자주 들었다. "우리 애가 ○○대에 **착** 붙었잖아!"; "졸업하고는 바로 ○○은행에 **척** 붙었지 뭐야!" 자식 자랑에 신난 부모는 짐짓 평온한 척 목소리를 **착** 깔았지만, 그들의 어깨는 이미 한껏 올라가 있었다.

이처럼 의태어 **착**은 무언가 달라붙을 때, 입맛에 딱 맞을 때 주로 쓴다. **착**과 음은 같고 뜻이 다른 또 다른 '착'은 휘거나 늘어진 모양, 분위기가 가라앉은 모양, 눈이나 목소리를 내리까는 모양 등을 이르는 의태어로 둘 다 퍽 자주 쓴다.

의태어 **척**도 **착**처럼 무언가 달라붙을 때, 입에 잘 맞을 때, 시험에 붙을 때 두루 쓰는데, 그냥 붙은 게 아니라 어김없이 붙거나 예상대로 맞아 떨어졌을 때 딱 맞는 말이다. '척 보면 압니다!'; '큰돈을 척 내놓다니!'라고 할 때의 '척'은 또 다른 뜻의 의태어로, 한눈에 얼른 보거나 서슴지 않고 선뜻 할 때 쓰는 의태어다. 이 글에서 주로 다루는 **착**과 **척**은 그냥 붙는 게 아니라 끈기 있게 달라붙고 들러붙는다. 그냥 붙기만 할 때는 '탁, 턱', 아주 야무지게 달라붙을 때는 **착, 척**(혹은 앞서 소개한 **짝, 쩍**)이 마침맞다.

어느 방향에서도 잘 들러붙는 **착**과 **척**이 기운을 잃으면 **축** 늘어진다. 안팎으로 손내밀어(ㅏ, ㅓ) 들러붙다가 기운 빠져 혀 빼문(ㅜ) 양. '축축하다'의 젖은 기운을 머금은 **축**은 끈기나 물기, 혹은 기운이 남아 있긴 하지만 그 기운마저 낼 기운이 없는 상태를 이른다.

축이 달라붙은 신체 부위는 달리의 그림 속 시계처럼 녹아내린다. **축**을 두고 얘기하다 보니 자꾸 고개가 **축** 처지고 어깨가 **축** 처진다. 거울을 보니 볼도 **축** 처졌다. 아, 이건 **축** 탓이 아니다.

+ 이렇게도 써볼래요!

축 늘어지기가 오뉴월 조청이로세!
엿 만드는 명인의 공방에 간 적이 있는데, 조청을 길게 늘이니 마당을 가로지르고 남았다. 실제 조청은 여름에 더 잘 늘어지지만, 봄의 나른함을 더해 오뉴월 조청이라고도 한다.
이는 늘어질 대로 늘어진 사람을 꾸짖는 말로, 동짓녘 엿처럼 단단해지라는 뜻도 숨었다.

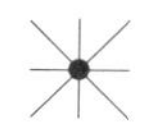

: 벌어지다

들러붙다

딱

떡

짝

쩍

: 벌어지다

들러붙다

딱 떡 먹고 싶어지는 말, **딱**과 **떡**! 키가 크다고 부러워하는 이들이 있는데 실은 키가 커서 불편한 점도 꽤 많다. 만원 버스나 지하철에서는 누군가의 정수리나 어깨 바로 위에 콧구멍이 닿아 오묘한 머리 냄새나 어깨 위 소복한 흰 가루를 들이마시지 않으려 입으로 숨을 쉬어야 한다. 가뜩이나 머리 조심 문구를 보기 직전에 머리를 **딱** 부딪히는데다가 발에 **딱** 맞고 마음에 **떡** 차는 신발 구하기도 쉽지 않다.

딱과 **떡**은 앞선 문장에서처럼 마음에 차거나 몸에 잘 맞을 때 쓰는데, 갑자기 무언가 마주쳤을 때에도 잘 불려나간다. 그외에 굳세게 **딱**, **떡** 버틸 때, 직전에 소개한 **착**, **척**처럼 무언가 **딱**, **떡** 달라붙을 때, **딱**, **떡** 의젓하고 여유롭게 있을 때도 잘 어울리는 말이다. 또 무언가 벌어졌을 때도 쓰는데 주로 신체 부위가 그 대상이다. 어깨가 **딱**, **떡** 벌어지고, 입이 **딱**, **떡** 벌어지고, 눈이 **딱**, **떡** 뜨인다.

요즘 들어 어깨 **축** 처진 청년을 자주 본다. 분명 키도 크고 인물도 훤칠하고 영어도 잘하고 중국어는 그냥 하고, 잘 나가는 회사의 인턴 생활도 했다는데 어쩐 일인지 활기도, 기백도 없다. 청춘의 푸름은 어데 가고 중년의 피로가 가득하다. 서른 해도 안 살았다는데 그 곱절은 산 듯 지친 기색이다.

그들에게 또 한 명의 장년으로 들려 주고 싶은 말은 "어깨 **딱** 펴!"지만, 그런다고 정말 어깨가 펴진다면 세탁소 사장님이 좋아한다는 구기자나무도 다리미로 펴질 테지. 세상이 바르고 투명하면 모두의 굽은 등짝, 처진 어깨 다 펴질 텐데. 별 수 없다. '입이 **떡** 벌어질 좋은 세상 만들어보자, 그때까지 일단은 **딱** 버티자'며 등을 도닥이며 어깨를 걸 수밖에.

+ 이렇게도 써볼래요!

내 나이가 어때서, 사람하기 딱 좋은 나인데!
나이가 어떻든 사람다워야 사람 아니겠는가.
어린이는 어린이답고, 어른은 어름답고! 점점
나이가 들수록 나잇값이라는 말이 크게 다가온다.
그에 눌리지 말고 그저 사람답게 살기를 필생의
업으로 삼자는 말을 흥겨운 노랫말에 기대어
각색해 보았다.

짝

: 퍼지다

쫙

짝은 볶아 쓰고 무쳐 쓰고 삶아 쓰는 콩나물 같은 말이다. 의성의태어로도 널리 쓰고, 명사나 의존명사로도 쓴다. 의성의태어로는 줄 그을 때의 **짝**, 종이나 천을 찢을 때의 **짝**, 미끄러질 때의 **짝**, 혀 찰 때의 **짝**, 쪼개지거나 벌어질 때의 **짝**을 널리 쓴다. 앞서 소개한 입이나 팔, 다리를 벌릴 때의 **딱**과 **떡** 대용으로도 쓰고, 더 앞서 소개한 무언가 달라붙을 때나 입맛에 딱 맞을 때의 **착**, **척** 대용으로도 쓴다.

짝은 무언가 벌어질 때 자주 쓰는데 팔, 다리, 입과 눈 같은 신체 부위는 물론이고 인파, 물길, 과일이나 채소에도 어울린다. 또 입맛 다실 때도 쓰니 이러한 문장도 자연스럽다.

'두 팔을 **짝** 벌려 수박을 **짝** 쪼개다 어느새 입맛을 **짝** 다신다.'

이처럼 요긴한 **짝**과 같은 발음, 다른 뜻의 명사 '짝'은 한 쌍 중 하나를 이르며, 의존명사 '짝'은 짐승의 갈비나 짐짝 등을 세는 단위다. 게다가 **짝**이 말과 짝을 이루면 소문이나 뜬소문을 널리 퍼뜨리는 힘을 가진다.

짝처럼 말을 퍼뜨리는 힘을 가진 말에는 **짝**과 발음도 닮은 **쫙**이 있다. 이 둘은 무언가 흩어져 퍼지는 모양이며, 액체가 갑자기 쏟아지거나 흘러내릴 때, 말뿐 아니라 어떤 일이나 행동이 이루어질 때, 활짝 펴지거나 찢어질 때도 어울리는 말이다.

근거도 없는 소문이 **쫙** 퍼져 집앞에 기자가 **쫙** 깔렸는데 갑자기 폭우가 **쫙** 쏟아져 유리창에 빗물이 **쫙** 흘러내리고 억울한 마음에 독한 술을 단숨에 **쫙** 들이마시다 술 쏟은 마룻바닥에 미끄러져 다리를 **쫙** 찢은 유명인도 있지 않을까.

'퍼지다'는 '벌어지다, 붇다, 커지다, 늘어지다, 미치다, 늘다' 등을 두루 안으며, 하나의 구심점이나 축을 중심으로 넓어지는 동사다. **짝**과 **쫙**이 '퍼진다'는 뜻을 품으면 위아래와 양옆까지 물에 담근 마른미역처럼 마구 불어난다. **짝**과 **쫙**의 첫소리(ㅉ)에는 퍼지는 방향성이 고스란히 담겼다. 곧은 가로 획과 양쪽으로 갈라지는 두 개의 사선에는 사방으로 번지는 기운이 가득하고 가운뎃소리(ㅏ,ㅘ)도 그 기세에 힘을 보탠다.

좋은 기운의 확산은 환영할 일이다. 근검 절약, 자연 보호, 박애 정신은 보다 널리 **쫙** 퍼져야 한다. 한데 그보다는 악성 댓글, 가짜 뉴스, 허위 사실이 더 빠른 속도로 번지니 문제다. **짝** 쪼개 보면 고갱이 없이 죽정이만 가득한 헛소문은 가벼워서 그런지 온 사방으로 잘도 퍼진다.

가끔은 몹쓸 말 모두 모아 보자기로 **쫙** 덮어 통째 내다버리고 싶다. 그럼 쓰레기 무단 투기로 벌금형에 처해지려나. 말 갖다 버린 말이 씨가 되어 천리를 가고 천냥 빚을 지려나. 발 없는 말이 5G 통신망을 타고 날아다니려나. 아, 말을 말자.

+ 이렇게도 써볼래요!

인상 짝, 인생 쫙!
모처럼 사진 찍는 날, 웃는 법을 잊어버렸나 싶게 표정이 어색하다. 다들 방긋방긋 잘도 웃는데 입꼬리 근육이 굳은 듯하다. 돌아보니 인생의 큰 암초는 비관이었다. '다 잘 될 거야' 낙관하며 인상 **짝** 펴면 인생도 **쫙** 펴질 테다.

5장

순환의 말

앙

왕

: 울다

다들 여기저기가 아프다. 몸만 아픈가, 마음도 아프다. 아픔의 갈래만큼 아픈 말도 많다. 무릎이 욱신거리고 허리가 시큰대고 머리가 지끈지끈하다. 어지간한 아픔은 참아내지만 너무 아프면 울기도 한다.

새근새근 잘 자며 도담도담 잘 자라던 아이도 아프면 자지러지게 운다. 아이의 울음은 어른의 울음과 달리 숨기는 기색이 없다. 고프면 고픈 만큼, 아프면 아픈 만큼 운다. 난생 처음 겪는 아픔에 놀람까지 더해져 제대로 울어댄다. 아이의 울음은 어른의 말과 같아 자신이 원하는 바와 그 정도에 따라 매번 다른데, 부모는 또 신기하게 울음의 언어를 알아듣는다.

아이의 **앙, 왕** 울음소리는 울림이 커 소리가 그친 후에도 한동안 메아리가 맴돈다. **앙, 왕**의 첫소리와 끝소리, 이응은 목청이 떨리는 울림소리라 그 울림이 더욱 크다. 아이가 잠시 집을 비워도 부모의 귓전에 자꾸만 아이의 울음소리가 웅웅대는 이유는 그 때문인지 모른다.

아이가 울 때 말고도 개가 물려고 덤빌 때도 **앙**이라 한다. 이때의 **앙**은 분명 다른 사람을 놀라게 할 때 쓰는 뜻의 감탄사 '앙'의 뜻과도 닮았다. 누군가 놀라게 할 때 보통 '왁'이라 하는데, 입말과 다르게 사전에는 그런 뜻의 말이 없다.

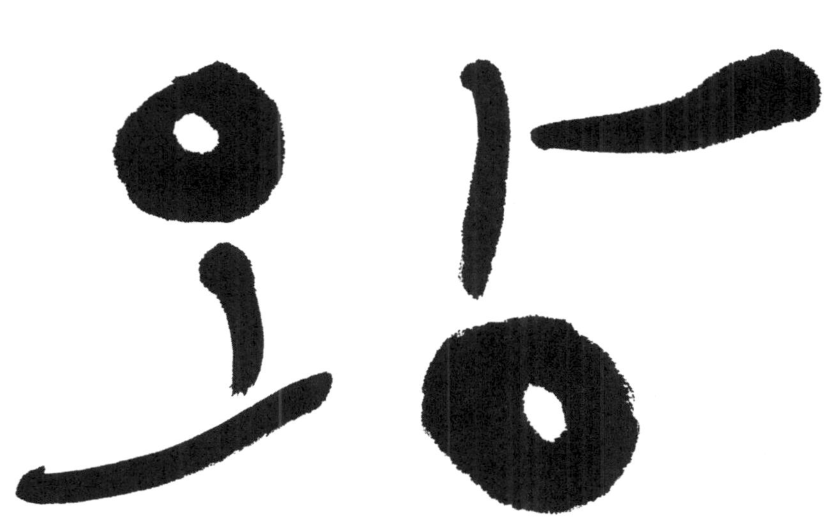

왕은 아이의 울음소리뿐 아니라 귀가 멍멍할 정도로 시끄러운 소리에도 어울리는 말이다. 어찌 보면 **왕**은 **앙** 두 개가 겹쳐진 말 같고, 참다 참다 터진 **앙** 같기도 하다. **왕** 터진 울음은 쉬이 달랠 길이 없다가도 끝내 **앙**으로 잦아들다 메아리를 남기며 서서히 사라져간다.

때로 그렇게 울고 싶어진다. 바닥에 퍼지고 앉아 고개는 45도 각도로 쳐들고 두 다리는 있는 대로 구르며 입은 이응 모양으로 동그랗게 벌린 채, 아무리 달래고 얼러도 소원이 이뤄질 때까지 막무가내로 **앙**, **왕**!

+   이렇게도 써볼래요!

앙 이길 어흥 없다!
예전에는 우는 아이에게 호랑이가 잡아간다고
겁을 주거나 산타가 선물을 아니 준다고 협박해
울음을 그치게 했다. 요즘에는 티니핑 틀어 주면
바로 뚝 그친다고도 하더라만 이제나져제나
어린아이의 울음소리는 호랑이의 포효 못지않게
무섭기만 하다.

깽
끙
낑
캥

논밭에 둘러싸인 마을에 살던 시절에는 경비 시스템을 대신해 마당의 큰 개 서너 마리가 집을 잘 지켰다. 20여 년 동안 우리집 마당을 거쳐간 개는 황구, 진돗개, 콜리, 세퍼드, 리트리버까지 다양했는데 종과 무관하게 다들 뛰어난 호위병이었다. 어차피 줄에 묶인 처지라 실제 도둑이 들면 어쩔 도리가 없겠지만, 그 외의 어지간한 상황은 짖는 소리만으로 해결되었다.

개중 영리했던 백구는 주인과 손님, 그중에서도 불청객의 발소리를 확실히 구분하고 대상에 따라 짖는 소리를 달리했다. 불청객이 오면 유독 크게 짖었는데, 주인에게 짖을 때는 반가움을 더하고 불청객에게는 경계와 위협을 강하게 드러냈다.

어느 아침, 늘 반갑게 아침 인사를 건네던 백구가 개집에서 나오지 않았다. 주인만 보며 꼬리를 흔들며 눈을 반짝이던 백구가 밤 사이 핼쑥해져서는 앓는 소리를 냈다. **깽**인지 **끙**인지 **낑**인지 들릴 듯 말 듯 작은 소리를 내면서.

개집 안에 가득한 **깽, 끙, 낑**은 듣는 아이의 마음까지 아리게 했다. 백구는 온 몸을 웅크렸다 폈다 하면서 같은 자리를 뱅뱅 돌며 계속 **깽, 끙, 낑** 소리를 내며 힘겨워했다. 뭘 잘못 먹었나 싶은데 똑같은 사료를 먹은 다른 개들은 너무 멀쩡했다. 뒤따라 나온 엄마에게 백구는 지금 아픈 게 아니라 새끼를 낳는 중이라는 설명을 듣고서야 한시름 내려놓았다.

독립해 홀로 산 20여 년 중에 오월에 태어나 메이(May)라 부른 동거묘와 18년을 살았다. 성격이나 외모나 여러모로 동거인과 닮았다는 소리를 듣던 메이는 뭐든 잘 먹고 잘 놀고 잘 잤다. 물도 몹시 좋아했는데 가끔은 너무 급하게 먹다 사레가 들려 **캥** 소리를 내며 고양이 기침을 했다. 그럴 때면 '물보래요, 물보래요' 놀리며 킥킥댔다.

어느 날부턴가 메이는 **깽**, **끙**, **낑** 소리조차 없이 밥도 물도 먹지 않고 놀지도 자지도 않았다. 끝내 무지개다리를 건넌 메이의 **캥** 소리가 이토록 그리울 줄 알았다면, 그때 놀리지 말 걸.

+ 이렇게도 써볼래요!

물 먹다 걸리면 캥! 뇌물 먹다 걸리면 낑!
급하게 물을 먹다 사레가 들면 **캥** 소리 몇 번에
나아지는데, 뒷생각 없이 뇌물 먹다 걸리면
큰 벌을 받는다. 동네 한의사는 만날 때마다 평소
물을 많이 마시라고 하는데, 물이라고 다 몸에
좋은 건 아니다. 뇌물 받아 먹다가는 헛물 켜기
십상이다.

뚜

부

뛰

빵

: 나팔이 울리다

얼마 전 강화도에 다녀왔다. 배 타고 석모도 가던 추억을 헤집으며 외포리로 향했다. 2017년 강화도와 석모도 사이에 석모대교가 놓이면서 지금은 뱃길이 끊겼다. 과자 달라며 날아들다 결국 석모도까지 동행하던 갈매기떼가 자취를 감춘 바다는 어쩐지 텅 비어 보였다. **뚜** 뱃고동 소리가 들리지 않으니 추억까지 통째 사라져버린 기분이었다.

뚜와 **부**는 기적 소리다. 여기서 기적은 기적(Miracle)이 아니라 증기를 내뿜는 장치다. 하니 기적 소리는 증기 소리와 닮았다. 전기밥솥에서 '증기 배출이 시작됩니다'라는 안내 방송 다음에 이어지는 **부** 소리가 배에서도 들린다.

배에서 나는 **부** 소리는 밥솥에 비하면 훨씬 크고 여운도 길다. 이때의 여운은 **앙**, **왕**과는 다르다. **앙**, **왕**이 안으로 꼬리를 감춘다면 **부**의 여운은 소실점을 향해 곧게 사라진다.

잔잔한 물결처럼 은은히 번져 새벽녘 사찰 범종소리, 해질녘 교회 종소리처럼 어딘지 아련하고 푸근해 '어서 들어와 밥 먹어' 정겨운 외침이 이어질 듯 그리운 소리다. 동심원을 그리는 기적 소리는 긴 물이랑과 함께 서서히 사라져간다. 오래 머물던 부두가 얼마나 그리우면 그리 울까. **부~, 뚜~.**

뚜, **부**, **뛰**, **빵** 모두 뱃소리를 표현하는데 이중 **뛰**와 **빵**은 자동차 경적 소리를 표현할 때도 애용된다. 오죽하면 '버스를 타고 고속도로를 바람처럼 달려가자'는 노랫말로 시작하는 <뛰뛰빵빵>이라는 가요가 다 있을까. 동요 <자전거>의 첫 소절 '따르릉 따르릉 비켜 나세요'처럼 '따르릉'은 홀로 쓰일 때가 많은데 **뛰**와 **빵**은 따로 쓰기보다 '뛰뛰빵빵'처럼 두 자씩 반복해 붙여 쓸 때가 많다. 끝내 '뛰뛰빵빵'은 아예 자동차 경적을 울리는 소리라는 뜻의 의성어로 사전에 등록되었다.

뛰나 **빵**은 말맛이 둥글하고 앙증맞은 데가 있는데 이상하게도
실제 자동차 경적 소리를 듣고 그런 감정을 느껴본 적은 없다.
'뛰뛰' 소리는 '비켜', '빵빵' 소리는 '빨리'로 들릴 때가 많다. 자
동차 경적이 뱃고동 소리처럼 은은하게 울리면 사정이 좀 달라
질까. 괜히 갈매기떼만 몰려들려나.

뛰에는 뚜, 빵에는 부!
매번 안전 운전을 다짐하며 참을 인(忍) 자를
되뇌지만 막상 도로에 나서면 여러 동물의 새끼를
불러댄다. **뛰**에는 **뛰**, **빵**에는 **빵**,
함무라비 법전을 따르고 싶어진다.
'먼저 가라, 빨리 가라' 중얼거리며 **뛰** 해도 **뚜**,
빵 해도 **부**, 대구하며 나는야 느긋이 가련다.

: 크게 울리다

짱
쾅
땅
탕

울리는 소리를 뜻하는 의성어는 울리는 주체에 따라 조금씩 달라진다. 앞서 소개한 대로 배나 자동차 경적은 **뚜**, **부**, **뛰**, **빵**, 신호음은 **삐**, 쇠붙이는 **쨍**, 큰 북은 **둥**, **둥** 등이다. 한편 울리는 모습을 담은 의성의태어 중 울림소리나 모양이 큰 말로는 **쾅**과 **캉**, **땅**과 **탕**이 있다.

쾅과 **캉**, **땅**과 **탕**은 부딪힐 때 말고도 터져서 울리는 소리에도 쓴다. **쾅**과 **캉**은 총이나 대포를 쏘거나 폭발물이 터져서, 무거운 물체가 다른 물체와 부딪혀서, **땅**과 **탕**은 총이나 작은 쇠붙이가 부딪혀서 울리는 소리다. **쾅**, **캉**, **땅**, **탕** 소리를 내는 물체는 모두 단단하다. 소재가 딴딴하고 탄탄하니 터지고 부딪혀 울리는 소리도 땅땅하고 탕탕하다.

총이나 대포, 폭발물 소리를 자주 들을 데는 전쟁터나 군사 훈련장 정도이고, 일상에서는 공사장에서 전장의 소리가 난다. 벽 때려 부수는 소리, 쇠기둥과 시추공 박는 소리, 벽돌 던지고 유리 매다는 소리 등 **쾅**, **쾅**, **땅**, **탕** 온갖 울림으로 지축이 흔들린다. 집에서도 갖가지 소음에 시달린다. 소음에만 집중하다 보면 과연 도시는 충돌과 굉음의 천국이고, 평화와 고요의 지옥이지 싶다.

어느 해 봄, 태어나 가장 슬픈 **쾅** 소리를 들었다. 인도를 걷는데 눈앞에서 작은 새 한 마디가 대형 유리벽에 부딪혀 그대로 바닥에 나동그라졌다. 새로 지은 아파트 단지에서 소음 방지용으로 세운 유리벽은 흔히 뱁새라고 불리는 붉은머리오목눈이의 길을 투명하게 가로막았다. 한손에 쥐어질 만큼 작고 온기가 채 가시지 않은 새를 안고 동물병원에 달려갔으나 이미 뇌진탕으로 숨이 끊어진 뒤였다.

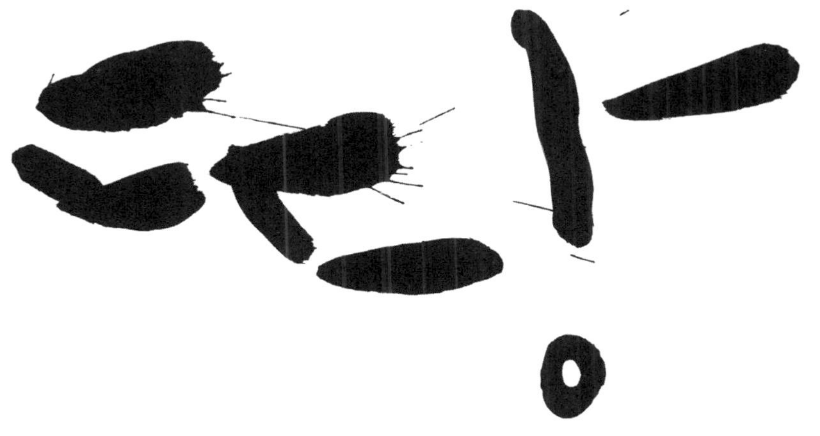

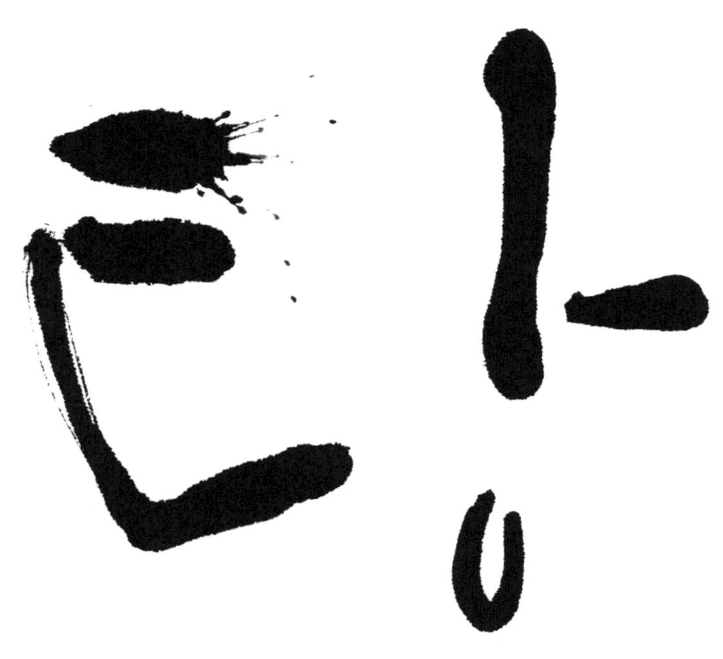

어느 날은 집안에 새가 날아들었다. 마치 제 둥지처럼 멧비둘기 한 마리가 열린 베란다 창으로 훌쩍 들어왔다. 갇힌 새는 밖이 훤히 내다보이는 유리창에 자꾸만 머리를 들이받았다. **땅**, 푸드덕, **탕**, 푸드덕 소리가 반복되었다. 어쩔 줄 몰라하는 사이 새는 더 깊은 궁지로 숨어들었다. 결국 세탁기를 들어내고서야 간신히 새를 날려보냈다.

숨을 가진 생명이 어딘가 부딪혀 숨을 멈추는 소리, 보이는 곳에 더는 날아갈 수 없는 소리, 삶이 죽음에 부딪히는 소리는 사무치게 애달프다. **꽝**, **쾅** 스리 높아질수록 생명의 숨구멍 **땅** 닫히고, **탕** 죽음의 판결 소리 높아져간다.

소나무는 솔솔, 꽝꽝나무는 꽝꽝!
주로 남부 지방에 서식하는 꽝꽝나무는 불에 태우면 나뭇가지에서 **꽝** 터지는 소리가 난다고 해서 그리 불린다. 또 솔이라고 부르는 소나무 아래 들면 바늘처럼 긴 나무잎 사이로 솔바람이 솔솔(바람이 부드럽게 부는 모양을 이르는 둘 다 필연을 품은 이름이다.

쨍

땡

어린 시절, 모내기철이나 추수철이 되면 어김없이 농악대가 이 마을, 저 마을을 순회하며 사물놀이 공연을 펼쳤다. 그 소리가 어찌나 크던지 수 킬로미터는 떨어진 먼 마을의 음악 소리가 가까이에서 들리는 듯 생생했다. **쨍 쨍 쨍 쨍**! 그중에서도 꽹과리 소리가 유독 드높았다. 소리가 점점 커지면 농부들은 탁배기 한 사발에 불콰해진 얼굴로 동구 밖까지 농악대를 마중나가곤 했다.

늘상 고추 따랴 배추 솎으랴 피 뽑으랴 농약 치랴 고단해 보이던 동네 사람들은 농악 장단에 맞춰 얼씨구 절씨구 신명나게 놀았다. 농악대를 이끄는 상쇠의 춤사위에 분위기는 절정에 달했다. 마을 가득 울리는 **쨍 쨍 쨍 쨍**! 소리에는 들녘의 곡식마저 어깨춤을 추는 듯했다.

징소리의 뭉근함도 좋지만 천지를 깨우는 꽹과리 소리는 청량하기 그지없다. 얼마 전 동묘 나간 길에 오래된 꽹과리를 샀다. 한데 밀쳐두니 발길에 채이길래 꽹과리 안쪽에 둥근 거울을 붙여 벽에 걸어두었다. 이후 아침저녁으로 매일 꽹과리를 들여다본다. 묵은 놋쇠 빛깔에 **꽹 꽹 꽹 꽹**! 신명나는 소리가 배인 듯해 보기만 해도 기운이 난다.

한편 딩동댕의 반댓말처럼 쓰는 **땡**은 작은 종이나 그릇, 쇠붙이 등을 두드리는 소리다. 살면서 참 많은 **땡** 소리를 들었는데 그중 가장 청명한 **땡** 소리는 초등학교 때 교탁에서 울렸다. 첫 수업 시간, 자기 소개를 마친 담임 선생님은 반원 모양의 쇠종을 교탁에 턱 올려두었다. 엎은 밥공기처럼 생긴 종은 가운데 툭 솟은 데를 톡 누르면 맑은 **땡** 소리가 났다.

내치지 않고 보듬어주는 듯한 소리라 듣기에 참 좋았다. 사찰 처마 끝에 매달린 풍경에 바람이 스칠 때면 때로 그 소리가 떠오르곤 한다. 은은하고 맑디맑은 **땡**!

+ 이렇게도 써볼래요!

징에서 꽹 나나?
꽹은 꽹과리 소리뿐 아니라 징 소리라는 뜻도 가졌지만, 실제 징에서 **꽹** 소리가 나던가. 모르면서 아는 척 하거나 잘못 알면서 바로 안다고 소리치는 행위를 빗댄 말이다. 비슷한 말로는 '안 가 본 놈이 일산이 높다 하고, 판교가 싸다 한다'가 있다.

봉

빵

펑

: 뚫리다 터지다

무언가 뚫릴 때 쓰는 한 글자 의성의태어는 10여 가지가 넘지만 그중 많이 쓰는 말은 **봉, 빵, 펑**이다. 사전에는 그 무언가가 '문풍지 따위'라고 돼 있는데 과연 요즘 젊은이가 문풍지를 알까. 문풍지(門風紙)는 한자 뜻 그대로 문에 드나드는 바람을 막는 종이, 실제로는 바람이 드나드는 종이다.

1980년대 양옥이 들어서기 이전까지 주택에는 나무 문이 흔했다. 나무 문틀에 나무 살을 짜 넣은 다음 살과 살 아이 숭숭한 네모 구멍을 한지로 막은 문은 나무와 한지로만 이루어진 그야말로 친환경 건축 자재였다.

열 살 무렵인가, 시골 할아버지 댁에서 문풍지를 뚫어보았다.

174

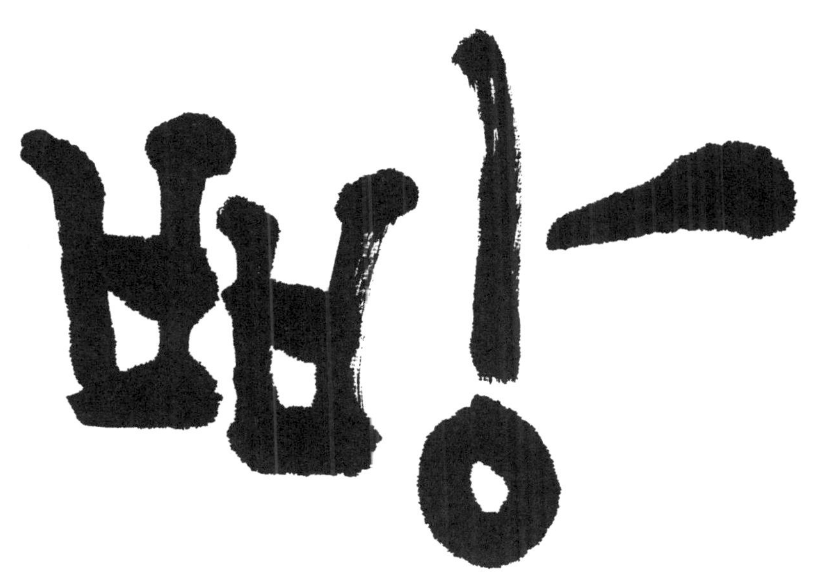

드라마에서 본 대로 검지 끝에 침을 살짝 묻혀 있는 힘껏 문풍지를 눌렀다. 검지에 맞서느라 팽팽하게 늘어난 한지는 볼록해질 대로 볼록해진 다음 어느 순간 **봉** 하고 터졌다. 그러고 보니 **봉**은 손가락에 밀려 봉긋 솟은 한지의 모습과 똑 닮았다.

한편 **빵**, **펑**은 무언가 터지는 소리이기도 한데, 사전에는 그 무언가가 풍선이나 폭탄 따위라고 돼 있다. 폭탄은 모르겠고, 풍선은 정말이지 그런 소리를 내며 터지긴 한다. 또 **빵**, **펑**은 구멍이 뚫릴 때도 불려다니는데 그중 **빵**은 공을 찰 때, **펑**은 무언가 튀어오를 때도 쓴다.

빵, **펑**은 큰 운동성만큼 너른 흔적을 남긴다. 흔히 터지고 뚫리면 구심점에서 확장된 자국이 남듯 공을 뻥 차거나 무언가 튀어오를 때의 둥근 운동성도 같은 모양의 흔적으로 이어진다. 날아가는 공이나 반동성을 가진 물체의 움직임은 대개 둥근 궤적을 그리는데, 마침 **빵**, **펑**의 끝소리(ㅇ)는 유연한 울림과 무정형의 방향성을 가져 터지고 뚫리고 차이고 튀는 데 딱 알맞다.

드니 빌뇌브 감독의 영화 <컨택트>는 외계와의 소통을 뻔하지 않게 그린 수작이다. <ET> 식의 과도한 감정 이입 없이, <아마겟돈> 식의 정복력 없이 외계 언어가 아닌 그저 다른 언어와의 소통 과정을 담담히 그린 수작이다. 그런 기조 말고도 주인공인 언어학자의 딸 이름인 한나(Hannah)가 대칭어라는 사실이 인상깊었다.

우리말 중에 대칭어는 무얼까, 골똘하다가 '이응'이라 결론지었다. '이'를 시계 방향으로 누이면 '으', '으'를 위아래로 대칭시키면 '응', 다시 '응'을 시계 방향으로 돌려 세우면 끝내 '이'가 나타난다 더불어 이응의 모양(ㅇ) 또한 원으로 그 자체로 대칭을 이룬다. **봉**, **빵**, **펑**에 이응이 괜히 든 게 아니라고 설명한다는 게 그만 이 책을 낸 출판사 이름의 유래로 이어졌다.

뿡 빵 뻥, 뿡 빵 뻥!
이 책의 제목을. <뿡빵뻥>이라고 지은 이유는 '**뿡**, **빵**, **뻥**' 모두 무언가 터지고 뚫린다는 뜻이고, '**뿡**, **빵**, **뻥**'의 말맛도 재미나고, '**뿡**, **빵**, **뻥**'은 한 글자 의성의태어의 압축성과 위대성을 잘 보여주는 말이기 때문이라며 '**뿡빵**거려본다'.

와
왁
우

: 여럿이 몰리다

몇 해 전, 미국에 갔다가 큰 상점에 들렀는데 문도 열기 전부터 줄이 어마어마하게 길었다. 마침 연중 가장 큰 할인 행사를 한다는 블랙프라이데이 주간이었기 때문이다. 입구부터 주차장까지 이어지는 줄은 한눈에도 족히 수 킬로미터는 넘어 보였다. 문이 열리자 군중은 진공청소기에 빨려들어가는 먼지처럼 일시에 마트 안으로 몰려들어갔다. 말 그대로 군중의 파도, 인파가 순식간에 매장으로 진격했다. 이번에는 물소떼가 떠올랐다. 어디선가 **우** 소리가 들리는 듯도 했다. 의성의태어는 모두 순우리말인데 **우**(牛)만은 한자에서 따온 말인가 싶었다. **왁** 몰려든 인파로 일대는 금세 아우라장이 되었다.

와, **왁**, **우**는 모두 여럿이 한꺼번에 어딘가로 몰릴 때의 모양을 이르는 의태어다. 각각 다른 뜻도 하나씩 있는데 **와**는 여럿이 웃고 떠드는 소리, **왁**은 격한 감정이 치미는 모양, **우**는 바람이 몰아치는 소리 등이다. **와**, **왁**, **우**의 동음이의어도 자주 쓰는데 놀랐을 때 절로 터져나오는 '와'는 '우아'의 줄임말이자 감탄사, 비록 사전에는 없지만 일상에서 누군가 놀래킬 때 자주 쓰는 '왁'이 있으며, 시시하거나 별로일 때 야유하며 보내는 '우' 역시 감탄사로 즐겨 쓴다.

와, 왁, 우가 상점이나 장터에서 자주 들린다면 좋지만, 보이지 않는 시장의 **와, 왁, 우**는 우려스럽다. 뚜렷한 정치적 견해, 교육관이나 직업 철학도 없이 다들 하니까 덩달아 **와** 몰려가 **왁** 달려들어 **우** 덤비다가는 망신을 넘어 패가도 먼일이 아닐진대. 온라인에서도 마찬가지다. 사실 확인도 하지 않고 **우** 엉터리 기사를 퍼나르거나 남들이 싫다니 덩달아 인신공격이나 비난을 일삼는 우(愚)를 범하지 말지어니.

우 가다 보면 길 없음!
가끔 좁은 골목 어귀에서 '길 없음'이라고 쓴 간판을 본다. 얼마 못 가 정말 길이 끊어진다. 줏대 없이 남들 따라 **우** 가다 보면 결국 막다른 길과 마주할지 모른다. 실제 길이야 다시 돌아나오면 그만이지만, 인생에는 때로 되돌아오기 어려운 길도 있다.

앵
웽
윙
잉

: 날아가다

단언컨대 소리 없이 흡혈만 한다면 모기의 사망율은 확 줄어들 테다. 파리목 모기과협회가 있다면 꼭 건의하고 싶을 정도다. 특유의 **앵, 웽, 윙, 잉** 소리는 거북한 애교처럼 귀에 거슬린다. 도둑을 도망치게 만드는 경찰차의 사이렌 소리처럼 모기의 비행음은 잘 자던 사람도 깨워 압사를 유발한다. 분명 피 빨다 죽는 모기보다 소리 내다 죽는 모기가 더 많을 테다.

앵, 웽, 윙, 잉은 모두 무언가 날아가는 소리로 그 날아가는 주체가 조금씩 다르다. **앵**은 모기나 벌, **웽**은 날벌레나 돌팔매, **윙**은 조금 큰 벌레나 돌, **잉**은 날벌레다. 세세한 뜻은 달라도 통상 모기 소리에 두루 쓰는 의성어다.

다른 날벌레에 비해 모기가 날 때 유독 듣기 싫은 소리가 나는 이유는 뭘까. 모기는 수십 미터 밖에서도 사람이 호흡할 때 내뱉는 이산화탄소나 사람의 대사분해물질 중 하나인 젖산을 감지한다. 호흡량이 많고 체온이 높고 체취가 강하면 모기의 만찬이 되는 이유다. 자기 체중(2~3mg)의 세 배나 되는 피를 저장하는 모기는 시속 2km의 속도로 1초에 무려 250번에서 많게는 500번까지 날갯짓을 한다. 알고 보면 **앵, 웽, 윙, 잉**은 살기 위한 처절한 발버둥 소리였다.

미약한 날개로 그토록 치열하게 살았구나, 생각하니 어쩐지 찡하다. 이제 **앵**, **웽**, **윙**, **잉** 소리가 나면 모기의 비행을 유심히 관찰해 봐야겠다. 1초에 수백 번이나 날갯짓하는 모기가 조금은 달리 보일 듯하다. 마음은 그래도 손등에 내려앉으면 냅다 때려 죽이겠지만.

흔히 어떤 상황이나 말이 영 이상하게 보일 때 이렇게 응수하곤 한다. "엥?" 그건 모기 소리가 아니다. '엥'은 뉘우치거나 성나거나 딱하거나 싫증날 때 쓰는 감탄사다. "근데 잠깐만, 뉘우칠 때도 '엥'을 쓴다고? 엥?"

＋ 이렇게도 써볼래요!

귓가의 잉, 창공의 비오!
비오는 솔개 우는 소리다. 수릿과에 속하는
솔개는 멸종 위기종이자 맹금류다. 매서운 솔개는
높은 상공을 날기에 두렵지 않은데, 귓가의
모기는 비록 좁쌀 만해도 밤잠을 설치게 하는
공포의 대상이다. 손톱 밑 가시처럼 먼 데
큰 적보다 가까운 곳의 작은 적이 더 무섭다.

뱅
팽
횡
횡

:돌다

명사를 제외하고 우리말 단어 중에 **뱅**이 들어간 말은 대체로 웃거나 맴돈다는 뜻을 가졌다. '뱅그레, 뱅글, 뱅긋, 뱅끗, 뱅시레, 뱅실, 뱅싯' 등은 떠올리면 만면에 웃음이 맴돈다. **뱅**은 좁은 범위를 한 바퀴 돌고, '뱅뱅'은 그 범위를 자꾸 돌고, '뱅그르르'는 좁게 한 바퀴 돌고, '뱅글뱅글'은 매끄럽게 돈다. '뱅뱅거리다, 뱅뱅대다, 뱅뱅하다' 등은 '뱅뱅'의 뜻대로 '자꾸 돈다'는 뜻의 동사다.

뱅과 같은 뜻이며 다만 그보다 말맛이 거센 **팽**은 갑자기 정신이 아찔하거나 눈물이 글썽한 모양을 이른다. '팽팽, 팽그르르, 팽글팽글, 팽팽거리다, 팽팽대다, 팽팽하다' 등도 모두 **뱅**에 비해 말맛이 거세다.

2장 '수직의 말'에서 다룬 **둥**, **붕**이 백자 항아리를 닮은 말이라면 **뱅**, **팽**은 나선형의 모기향이 그려지는 말이다. 공중으로 떠오르는 **둥**, **붕**이 은근하고 느긋한 멋을 가졌다면, 같은 자리를 맴도는 **뱅**, **팽**은 빠르게 순환하는 활동성이 눈에 띤다.

한편 **휭**, **횡**은 기계나 바퀴가 빠르고 세게 돌아갈 때, 빠른 바람이 세게 불 때 쓰는 말이다. 또 무언가 바람을 일으키며 빠르게 날아갈 때도 **휭**, **횡**이라 한다. 여기서 말하는 바람은 회오리바람, 그중에서도 바닷가에서 종종 목격되는 용오름이 어울린다.

용오름은 '해상 토네이도'라고도 불리며 지표면과 높은 상공의 바람 방향이 서로 다를 때 일어나는데, 한마디로 두 손을 엇갈리게 반대 방향으로 밀면 그 사이 바람이 나선형으로 휘감아 오르는 것과 같은 이치로 만들어진다. 캔자스 농장에 살던 도로시를 신비한 오즈로 날려버린 바람도 아마 **횡**, **횡** 불어댄 회오리바람이었을 테다. 그러고 보니 **횡**, **횡**은 회오리의 줄임말 같지 않은가.

20세기 명곡 중 하나인 들국화의 <돌고, 돌고, 돌고>는 '어두운 곳 밝은 곳은 앞서다가 뒤서다가 다시 돌고 돌고 돌고'라는 노랫말로 끝맺는다. 가수 노사연의 <돌고 돌아가는 길>의 노랫말도 오래도록 마음에 뱅뱅거린다. '발만 돌아 발밑에는 동그라미 수북하고… 흘러 흘러 세월 가듯 내 푸름도 한때인 걸. 돌더라도 가야겠네. 내 꿈 찾아 가야겠네.' 같은 자리 **뱅**, **팽** 맴돌다가 어느 날 **횡**, **횡** 떠나는 것, 그것이 인생이련가.

빙

핑

가수 최백호의 <애비>는 결혼하는 딸을 떠나보내는 아버지의 심정을 노래한다. 황태포 같은 그의 목소리는 '가뭄으로 말라터진 논바닥 같은 가슴'을 절절하나 담담하게 담아낸다. 처음 이 노래를 듣자마자 바로 눈물이 **핑** 돌았다. '잘 살아야 한다. 행복해야 한다. 애비 소원은 그것뿐이다'라는 절규에는 끝내 펑펑 울었다. 이 노래를 결혼식 축가로 불렀다가는 분명 신부는 물론이고 온 하객의 눈가가 남아나질 않으리라.

눈물은 그냥 **쑥** 빠지기도 하지만, 신기하게 위쪽으로 생겨나는 물고기 비늘이나 장마에 불어나는 한강물처럼 아래 눈꺼풀에서부터 그렁그렁 차오르기도 한다. 남들 보기에는 그런데 실제로는 위아래 눈꺼풀 둘레를 따라 일시에 물이 스미는 기분이 든다. 이목구비에 열이 쏠리고 콧잔등이 시큰해지며 울컥 뜨거운 기운이 분출되면서 덩달아 눈물도 뜨끈해진다.

뱅, 팽도 눈물이 고인다는 뜻이 있지만 **빙, 핑**과 다른 점이라면 **뱅, 팽**은 나선형의 순환을 그리고 **빙, 핑**은 지름이 다른 여러 개의 동심원이 평면화된 순환을 이룬다. 바깥에서 안으로, 눈꺼풀에서 동공 쪽으로 여러 개의 동심원이 생겨난다. 그중 가장 작고 가운데 맺힌 동심원이 눈물로 맺혀 아래로 흘러내린다.

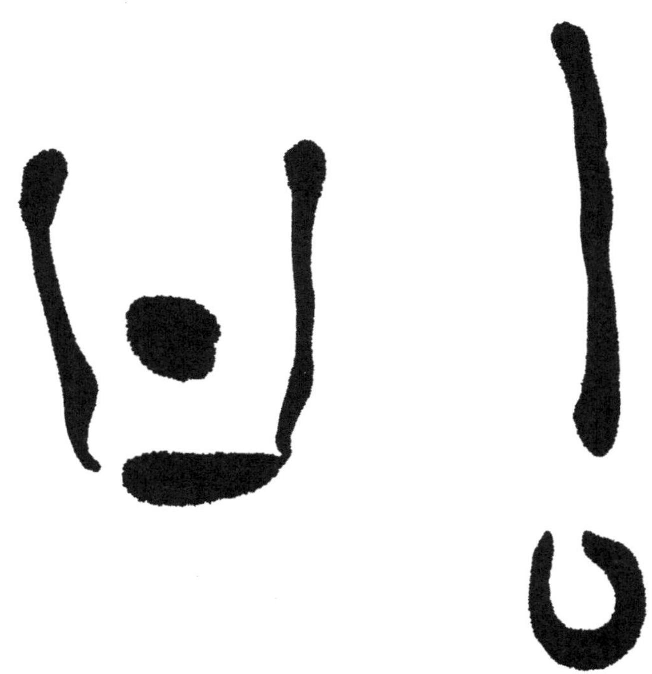

갑자기 눈물이 글썽해지는 모양을 이르는 **빙**, **핑**은 갑자기 정신이 아찔해지거나 일정 범위를 한 바퀴 돌거나 일정 둘레를 둘러쌀 때도 쓰는 말이다.

머리가 **빙**, **핑** 돌고, 마을을 **빙**, **핑** 돌고, 탑 둘레를 **빙**, **핑** 둘러싼다. 이처럼 **빙**, **핑**은 마치 콤파스 바늘이 꽂힌 지점처럼 명확한 구심점을 가진 말로 모든 뜻이 하나같이 큰 원을 그리는 말이라 '돌다', '둘러싸다' 같은 동사와 짝지어 다닌다.

살다 보면 눈물 돌 일, 머리 돌 일 많다. 그럴 때 숲 한 바퀴 **빙** 돌며 지친 마음 **빙** 둘러 싸매면 **핑** 도는 눈물, **핑** 도는 머리가 다시 잠잠해진다.

+ 이렇게도 써볼래요!

빙수 먹고 빙빙!
차가운 빙수를 먹으면 때로 머리까지 어는 듯 **빙** 돈다. '빙수 먹고 빙빙!'은 '고추 먹고 맴맴'과 같은 뜻으로 단 걸 먹으면 달고 쓴 걸 먹으면 쓰다는 당연한 이치를 말맛 좋은 의태어로 알린다. 비슷한 말로 '불닭 먹고 피똥'이 있다.

해
헤

: 웃다

앉았다 일어날 때마다 입에서는 에고고, 관절에서는 우두둑 소리가 난다. 바쁜 하루를 보내고 다저녁이 되어 지친 걸음으로 터벅터벅 걷다 보면 '아, 먹고 살기 힘들다' 소리가 절로 터져나온다.

그럴 때는 조카의 미소가 명약이다. "이모, 꿀꿀해? 그럼 커피 한 잔 마시고 코 자(그럼 잠 못 잘 텐데)!" 비누 방울에 까르르 까르르 자지러지던 세 살 아이가 어느새 이모만큼 자라 이모의 어깨를 도닥여주는 고등학생이 되다니. 세월 참 대단하다.

어른의 웃음에는 있고 아이의 웃음에는 없는 것은 무얼까. 아마도 '이'와 '실'이 아닐까. 아이는 앞니가 다 빠져도 있는 대로 입을 벌리고 마냥 **해** 웃는다. 딱히 기쁜 일 없어도 실없이 **헤** 웃는다. 이와 실이 없어도 아이의 웃음은 빛이요, 구원이다.

어른인 채로 아이의 웃음을 띄는 이를 보았다. 헌책방에서 발견한 <뿌리 깊은 나무>라는 잡지에 실린 사진 속 화가 장욱진은 깊은 주름을 더 깊게 만들며 천진하게 웃고 있었다. 갖고 싶은 것도, 먹고 싶은 것도 없이 그저 웃다가 갈 요량이라는 듯. 실제 그는 평생 해와 달, 새와 나무, 자연을 그리며 청빈하게 살았다.

시인 천상병과 함민복도 비슷한 웃음을 지었다. 맑은 눈으로 환히 웃는 그들의 모습은 고운 시에도 고스란이 배어 들었다. 언젠가 시인 함민복의 강연을 듣고 후기를 발표할 일이 있는데, 소감 대신 시인의 이름으로 삼행시를 낭송했다.

함박 웃어보자
민들레처럼 함박
복된 마음 홀씨 되어 날아가게

아이는 **앙, 왕** 울 때처럼 웃을 때도 눈치 보지 않는다. 비웃음, 코웃음, 억지웃음, 쓴웃음 짓지 않고 그저 함박 웃는다. 해와 겨루어도 뒤지지 않게 둥글고 크고 빛나게. 애써 그렇게 웃어 보련다. 부디 이 책을 읽는 독자도 그저 **해, 헤** 웃기를.

+ 이렇게도 써볼래요!

실없이 헤, 실없이 헤!
'헤실헤실'은 혹시 이 뜻이 아닌가 싶었다.
'실없이 **헤**!' 어딘가 붙여 놓고 고단하고 쓰라릴 때마다 들여다 보고 싶은 문구다. 실리 따져가며 아득바득 산다고 이자로 행복이 붙던가.
해 웃어야 행이 오고 **헤** 웃어야 복이 온다.

정지의 말

꼭
꽉
꾹

:누르다
숨다

엄지를 맞대고 약지를 맞걸며 "약속 꼭 지켜!"라고 할 때 가장 힘주어 하는 말은 '꼭'이다. 이때의 '꼭'은 '어떤 일이 있어도 틀림없이'라는 뜻으로 '반드시'와 비슷한 뜻의 부사다. 그래서인지 별 일 없이 약속을 지키지 않으면 '꼭'화가 난다.

의태어 **꼭**도 앞선 '꼭'만큼 자주 쓴다. 야무지게 힘주어 누르거나 죌 때, 힘들여 참거나 견딜 때, 드러나지 않게 단단히 숨거나 틀어박힐 때 꼭 알맞은 말이기에. 이별의 상처를 **꼭** 누르고 입술을 **꼭** 다문 채 눈물을 **꼭** 참고, 미련 한 점 **꼭** 처박아 둔다. 언약이든 증표든 다 부질없는데도 꼭 그런다.

꾹은 **꼭**과 엇비슷한 뜻이고 **꽉**은 비슷한 듯 조금 다른 뜻을 가졌다. **꽉**은 힘주어 누르거나 잡을 때 가득 차거나 막혔을 때, 애써 참거나 견딜 때 쓴다.

'안방 화장실 변기가 **꽉** 막혀 뛰쳐나가려는데 오늘 따라 바지는 너무 **꽉** 끼고 자다 깬 아이는 발목을 **꽉** 붙잡고, 우는 아이 겨우 달래 놓고 이왕 나가는 길에 **꽉** 찬 쓰레기봉투 온 힘으로 **꽉** 눌러 겨우 **꽉** 묶었는데 결국 터져 두팔로 **꽉** 껴안았더니 한 여름 사흘 된 똥기저귀 냄새가 사방에 **꽉** 들어차니 참말 운수 **꽉** 찬 날이로세.'

힘의 정도로 따졌을 때 **꾹**, **꾹**이 손아귀를 꽉 쥔 힘이라면 **꽉**은 상체나 체중 전체를 실은 누르는 힘에 가깝다. 마침 **꽉**의 꼴은 네모난 곽에 **꽉** 들어차게 빽빽하게 생겼다. 터지거나 뚫릴 기미나 여지가 없을 때, 도무지 비집고 들어갈 틈이 없을 때 그 틈을 비집고 비로소 네모반듯한 **꽉**이 나타난다.

'손가락으로 **꾹** 누르거나 손바닥으로 **꾹** 눌러도 꿈쩍 않을 정도로 **꽉** 찬 여행 가방 끌고 공항버스를 탔는데 빈 데 없이 **꽉** 찼는데 도로까지 **꽉** 막히면 덩달아 속도 **꽉** 막힌다.'

꼭, 꾹도 어떤 감정이나 상황을 참거나 견디지만 꽉은 견뎌내는 슬픔과 괴로움의 정도가 보다 크다. 따끔한 주사는 꾹, 모기 물린 가려움은 꾹 참지만 출산의 고통은 이불을 꽉 붙든 채 이를 꽉 물고 죽을 둥 살 둥 꽉 견뎌야 한다.

그런 의미에서 꽉은 마치 꼭과 '악'의 합성어 같기도 한데, 여기서 '악'은 있는 힘껏 쓰는 기운이라는 뜻의 명사여도, 갑자기 지르는 소리라는 뜻의 감탄사여도 다 걸맞다. 악 소리나는 고통을 악으로 버티는 모습에는 꽉이 딱 알맞다.

\+ 이렇게도 써볼래요!

도라지 꽉 찬 밭에 백 년 묵은 천종삼!
군계일학(群鷄一鶴)은 모여 있는 닭이 학보다
키가 서너 뼘 작기에 가능한 말이다.
도라지나 삼이나 크기가 엇비슷하다
여차하면 한 뿌리에 1억 한다는 그 구 한 천종삼도
1kg에 5천 원 하는 도라지에 꽉 둘러싸이면
맥을 못 춘다. 제 가치를 제대로 빛내려면
제 격에 맞는 자리에 자리해야 한다.

컥

혁

: 막히다

컥은 4장 '팔방의 말'에서 다룬 **칵**, **컈**, **캑**처럼 목구멍에 걸린 무언가를 힘있게 내뱉는 소리인 동시에 숨이 답답하게 **꽉** 막힌 모양이다. 숨을 내뱉을 때도 쓰고 숨이 막힐 때도 쓰니, 들어간 배에도 쓰고 비져나온 옆구리에도 쓰는 **쏙**, **쑥** 같은 말이다.

하지만 **컥**은 침보다 숨에 어울린다. '침을 **컥** 뱉다'보다는 '숨이 **컥** 막히다'가 자연스럽다. **컥**이라고 발음하면 정말이지 숨 막히는 기분이 든다. 형태로만 보아도 'ㅏ'는 소리가 나가는 모양을, 'ㅓ'는 소리가 들어오는 모양을 닮기도 했다.

컥이 의미하는 숨막히는 상황에서 '막히다'는 '통하지 않다, 꼼짝 못하다, 못하다'의 의미다. **컥**이 '정지의 말'에 분류된 이유다. **칵**, **컈**, **캑**이 목구멍에서 나온 침이 어디로 튈지 모르기에 사방의 방향성을 가진 데 비해 **컥**은 사방이 막혀 오도가도 못하는 말, 멈춰버린 말이다.

컥과 비슷한 뜻을 가졌으며 **컥**과 마찬가지로 일상에서 자주 쓰는 **혁**도 **컥**과 맥이 통한다. **혁**은 몹시 놀라거나 숨이 차 순간 숨을 멈추거나 들이마실 때 쓰는 말이다. 실제 발음해 보면 **컥**은 들이쉰 숨이 목구멍에서 막혀 도로 돌아나오는 듯한데, **혁**은 **컥**보다 많은 숨이 들이쉬어지고 그 공기가 기도까지 넘어가 목구멍이 시원해질 때쯤 소리가 멎는다.

컥, **혁**은 일상에서 흔히 쓴다. 본뜻 그대로 놀라거나 숨찰 때, 놀라서 숨이 막힐 때 절로 **컥**, **혁** 소리가 난다. 멋진 그림을 마주하거나 그림 같은 음식을 눈앞에 두었을 때처럼 사소한 경탄에도 쓰고, 길에서 정우성을 마주치거나 코스피 지수 5천 돌파 소식을 들었을 때처럼 충격적인 상황에 절로 터져나온다. 둘은 실제 숨이 막히지만 않는다면 때때로 쓸 만한 말이다.

+ 이렇게도 써볼래요!

덕이 얕으면 헉이 깊다!
우리 주변에는 청개구리도 살지만 대인군자도 산다. 덕이 깊은 사람은 모기를 보고 칼을 꺼내지 않으며, 자라 보고 놀랐다고 솥뚜껑을 두려워하지 않는다. 덕이 깊으면 발자취도 크고 덕이 얕으면 그 반대다. 툭하면 놀라고 여차하면 숨이 멎는다.

텅   :비다

우리말의 한 글자 단어 중 가장 쓸쓸한 말은 무얼까. 비, 섬, 끝? 과연 **텅**의 쓸쓸함을 이길 자(字)가 있을까. 앞선 명사는 곰곰이 생각하면 쓸쓸해지기도 하는데 **텅**은 듣는 순간 마음에 바람이 스치고 이내 헛헛해진다. **텅**은 그야말로 아무것도 없다. 테두리나 경계도 없어 무얼로도 가둘 수 없는, 실로 하나도 남은 바 없이 그저 **텅** 빈 말이다.

부전승으로 올라온 **텅**에 도전장을 내민 말이 있으니, 휑한 눈으로 나타난 '휑'이다. 여기서 '휑하다'는 막힘 없이 환하고, 구멍이 시원하게 뚫리고, 눈이 쑥 들어가 정기가 없을 때 쓰는 형용사다. 아예 없지는 않고 조금 휑뎅그렁하다는 점에서는 **텅**과 닮았지만 역시 **텅**에는 못 미친다. 휑한 모양은 **텅**의 이전 단계쯤 된달까.

‘휑’이 떠나 휑한 때 ‘탈탈, 털털’이 툴툴거리며 걸어온다. 둘 다 속이 비었을 때, 아무것도 남지 않게 털어버릴 때 쓰는 말로 **텅**과 닮은 데가 있긴 하다. 하나 ‘탈탈, 털털’은 아무것도 없다기보다는 조금이나마 무언가 남았을 때 그마저 털어버린다는 뜻이니 역시 **텅**만은 못하다.

저기, 비로소 **텅**에 비견할 말이 나타난다. ‘딱’이다. 진행하던 일을 그치거나 멎을 때도 즐겨 쓰지만 단호한 행동에도 적절한 ‘딱’은 아주 싫은 상황에 쓸 때도 많다. “딱 질색이야!”

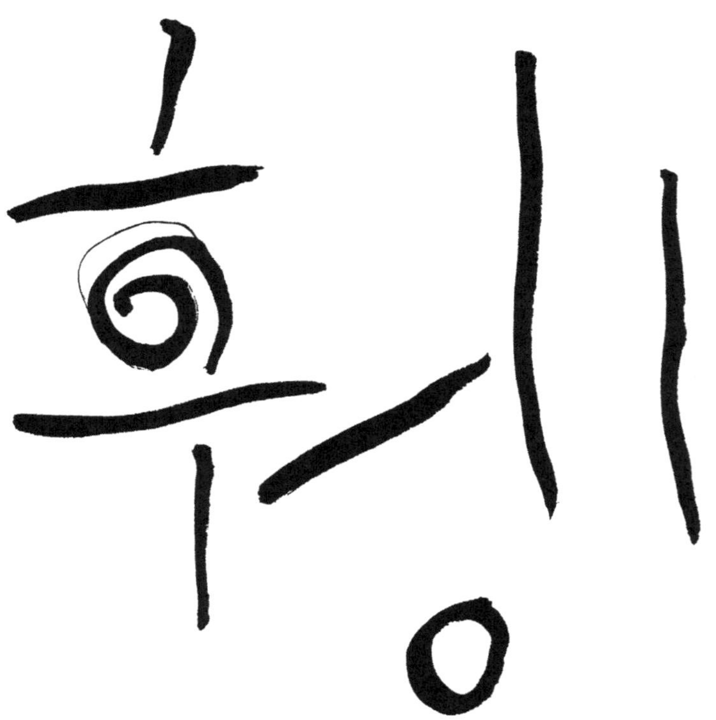

연이어 **똑**과 **뚝**이 딱 옆에 선다. **딱**처럼 무언가 그치거나 멎을 때도 쓰지만, 다 쓰고 없어진 상황에도 딱 알맞은 말이다. 언행을 단호하게 할 때, 성적이 두드러지게 떨어졌을 때, 거리가 꽤 떨어졌을 때도 두루 애용된다.

조부모와 사는 한 초등학생의 일기에 **똑**, **뚝**의 용도가 잘 나와 있다. '집에 쌀이 **똑** 떨어졌는데 집 나간 아버지와 소식이 **뚝** 끊겨 **뚝** 떨어진 먼 마을에라도 가서 쌀을 구하렸더니 하필이면 집 앞 다리가 **뚝** 끊겨 배도 곯고 시험도 못 봐 결국 성적이 **뚝** 떨어졌는데 할머니에게는 시치미를 **뚝** 뗐다.'

이럴 때 아이의 마음을 표현할 단 한 글자, 역시 **텅**이 윗길이다.

여기서 글을 마치렸더니 막 착륙한 열기구에서 한 글자가 내린다. 그리고는 이내 다시 떠오른다. **붕**이다. **텅**만큼 허망하기 그지없는 **붕**은 2장 '수직의 말'에서 다루면서 이번 장에 다시 등장하리라 예고했던 말인데 드디어 나타났다. **붕**은 앞서 소개한 대로 공중에 들렸을 때도, 무언가 허망하게 없어졌을 때도 딱 알맞은 말이다.

하긴 **붕**이 날려버린 거액은 다시 지상으로 떨어진다 해도 죄 흩어져 도통 찾지 못할 듯하다. **붕**은 떠올리는 대상에 비해 매우 큰 힘을 가졌으나 그 태도는 애면글면 힘겹지 않고, 옥색긴꼬리산누에나방의 날개짓처럼 유연하기만 하다. 장자의 '소유' 편에 나오는 상상의 새 , 붕(鵬)의 날갯짓이 딱 그러할까.

이탈리아 제네바에서 아르헨티나의 부에노스아이레스까지 엄마를 찾아 떠나봐야 3만리인데 붕은 물경 9만리까지 날아오른다. 하여 회오리바람을 타야만 비상하며 한 번 날면 반 년 동안 땅에 내려앉지 않는다. 이 붕이나 저 **붕**이나 참 예사롭지 않다.

결국 **텅**이 으뜸이다. 우승 소식에 기분 좋아진 **텅**이 라디오를 켜고 팔베개를 한다. 하필 가수 이승환의 <텅 빈 마음>이 흘러나온다. '내 곁에 잠든 건 지나간 추억, 너무 허탈해.' 허허로워진 **텅**은 냉큼 주파수를 돌린다.

떨리는 수화기를 들고 너를 사랑해
눈물을 흘리며 말해도 아무도 대답하지 않고
야윈 두 손에 외로운 동전 두 개뿐

텅은 공중전화 요금이 20원이었다는 사실보다 처연한 노래 제목에 더 놀란다. 015B의 <텅 빈 거리에서>라니. 끝내 **텅**은 **텅** 빈 마음으로 벽을 향해 돌아눕는다.

꽉 찬 거지, 텅 빈 부자!
요즘 들어 '금수저 위에 근수저'라는 말이
유행한다. 금보다 근육 만들기가 더 어렵다.
하긴 제아무리 돈이 많아 봐야 마음이
삐쩍 곯았다면 진정 부자라 할 수 있을까.
비록 통장은 텅 비었더라도 마음이
기쁨으로 가득하다면 부자 아닌가. 아닌가?

쓱뽕

: 사라지다

얼마 전 한 드라마에서 시어머니와 며느리의 아주 기똥찬 대화를 나누었다.

시어머니 : 넌 꿈이 뭐니?

며느리 : 사라지는 거요.

시어머니 : 사라지면 다 해결되나?

며느리 : 해결을 안 해도 되죠.

시어머니 : 좋은 꿈이다.

모든 음절의 끝소리가 바람에 실려간 듯 선선한 '사라지다'는 한 음절씩 띄엄띄엄 발음하면 더욱 그 뜻이 와 닿는다. '사라지다'가 스쳐간 자리에는 진정 다 사라지고 공허만이 덩그렇게 남으니까.

3년 묵은 체증이나 울산바위처럼 큰 빚이 사라지면야 얼씨구나 춤이라도 추겠지만, 찬란한 꿈이나 희망도 사라지니 그게 문제다. 하여 '사라지다'는 '죽다'의 대용으로 쓰이기도 한다. 이 세상에서 사라지는 게 곧 죽음이니 영 틀린 말도 아니다. '살아지다'를 발음나는 대로 쓰면 '사라지다'인데 둘의 뜻은 이승과 저승만큼 다르다.

'사라지다'를 표현하는 의태어로는 **쏙**과 **뿅**이 있다. **쏙**은 지나갈 때는 빠른데 내밀거나 들어갈 때, 문지르거나 비빌 때, 사라질 때는 다소 느려진다. 반가운 이가 얼굴을 **쏙** 내밀거나 코 묻은 손을 바지에 **쏙** 닦을 때는 나무늘보처럼 행동이 굼뜨다.

방금까지 옆자리에 있던 누군가 **쏙** 사라졌다면 그는 주위 사람이 눈치채지 못하도록 조용하게 움직인 게다. **쏙**보다는 '쓰윽'이라 발음해야 옳을 듯한 **쏙**의 뜻풀이에는 '아무도 모르게'라는 문구를 더해도 좋을 성 싶다.

쓱은 슬쩍 치고 들어오는 말이다. 속도가 빨랐다면 놀랐을 행동도 쓱 하면 괜찮을 때가 많다. 먹고 떨어지라는 돈 봉투라면 턱 내놓을 텐데, 이문재 시인의 <문자메시지>라는 시에 등장하는 돈 봉투라면 쓱 디밀어야 제격이다. 다음은 시의 전문.

형, 백만 원 부쳤어.
내가 열심히 일해서 번 돈이야.
나쁜 데 써도 돼.
형은 우리나라 최고의 시인이잖아.

느리게 사라지는 **쓱**을 음속 수준으로 가속하면 **뿅**이다. **뿅**은 갑자기 나타날 때도 쓰지만 갑자기 사라질 때도 쓴다. 상대에게 반해 정신이 나갈 때도 **뿅**이라고 한다. '하늘에서 **뿅** 나타난 누군가에게 한눈에 **뿅** 가기'는 수십 년 키워 온 오랜 꿈이나 그마저도 **뿅** 사라질 듯하다.

자, 이 책은 어떠했는가. 한 글자 의성의태어를 다룬 초유의 책으로 **뿅** 하고 나타났는데 정신 못 차리도록 **뿅** 반했는가. 기든 아니든 그럼 이만 **뿅**!

올 때는 쓱! 갈 때는 뿅!
느릿한 **쓱**과 빠릿한 **뿅**으로 불후의 노랫말
'만나보면 시들하고 헤어지면 그리웁고' 같은
절묘한 대구를 표현하려 했으나 뜻대로 되지
않았다. 부디 어느 날 **쓱** 나타난 이 책이
뿅 사라지지 않고 쭉 한 자리 지키기를.

뜻이 닮긴
꼴을 그리다

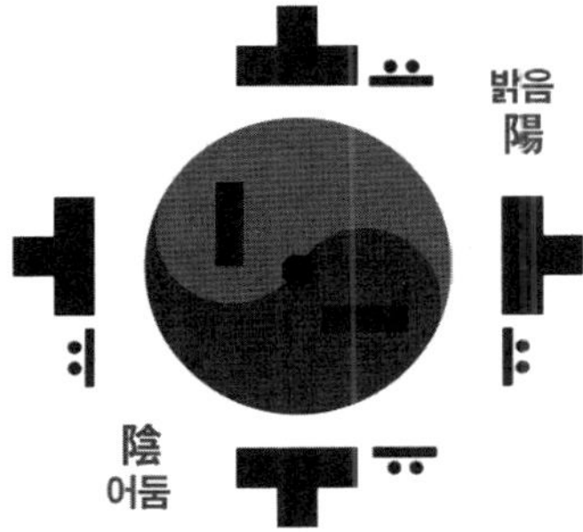

순환의 원리로 글자를 만들다

1443년 세종께서 문맹으로 사는 백성의 팍팍한 삶을 헤아려 우리말에 맞는 문자, 한글을 창제했다. 글 모르는 이도 편히 배우고 쓰도록 이해하기 쉬운 원리로 만든 훈민정음의 제자 원리에는 음양의 이치, 순환의 원리가 깃들었다.

우선 한글 모음은 하늘과 땅, 사람을 나타내는 '•, ㅡ, ㅣ' 셋을 기본으로 <그림 1>에서 보듯 순환의 원리를 적용하여 음을 표기한다. 태극에서 음과 양은 회전하며 순환하는데, 사계절의 변화가 자연스레 녹아들어 'ㅓ'는 'ㅏ'가 되고 'ㅗ'는 'ㅜ'가 된다. '•'는 중심을 이루며 모든 소리와 삶을 관장하고 'ㅡ'와 'ㅣ'는 정적인 동시에 동적인 특성을 지녀 '•'와 어우러진다. 그렇게 탄생한 'ㅓ'는 들어오는 소리, 'ㅜ'는 내려가는 소리로, 둘 다 음의 기운을 가지며 탁한 소리를 낸다. 'ㅏ'는 나가는 소리, 'ㅗ'는

올라가는 소리로, 둘 다 양의 기운을 가지며 밝은 소리를 낸다. 기운이 들어오고 나가고 올라가고 내려가는 이치는 지구가 자전하듯 음이 양이 되고 양이 음이 되는 이치와 같다. <그림 2> 처럼 '엉엉'이 '앙앙'이 되고, '꼬불꼬불'이 '꾸불꾸불'이 된다. 이러한 순환의 원리로 한글은 삶과 죽음, 희로애락, 닭이 홰치는 모습, 사람이 우는 소리 등 세상만사 글자로 옮긴다.

소리와 문자는 하나다

자음은 소리가 나는 발음기관을 상형하였기에 이기불이(理旣不二), 즉 '소리와 문자가 다르지 않다'는 원리가 적용되었다. <그림 3>의 '칼'을 '카아알'하고 길게 발음하면 첫소리, 가운뎃소리, 끝소리가 분리되면서 비로소 칼의 쓰임이 드러난다.

첫소리 키역은 음의 형태화로 소리에서도 날카로운 칼의 형태가 보이고, 가운뎃소리 'ㅏ'는 칼을 쓰는 사람 같으며, 끝소리 리을에는 소리나 형태에서 칼을 휘두를 때의 역동성이 비친다. 이때 활자로 표기한 '칼'든 소쉬르에 따르면 기표이고, 붓글씨로 표현한 '칼'은 의미 작용이 일면서 기의가 된다.

끝내 이 모두는 '모아 쓰기'로 하나의 글자, 곧 소리 나는 문자가 된다. 다시 설명하자면 'ㅋ+ㅏ+ㄹ'로 풀어쓰면 소리도 나지 않고 문자도 되지 않는다. 반드시 모아 써야 '칼'하고 소리 나는 문자도 된다. 이를 '음절 3분법'이라 한다. 즉 첫소리, 가운뎃소리, 끝소리로 나누고 다시 합쳐야 온전한 글자가 된다는 점은 세상에 하나뿐인 한글만의 제자 원리다. 요컨대 한글은 오묘한 이치가 깃든 쉽고도 뛰어난 문자다.

보이지 않던 것이 보이다

우리는 살면서 숱한 소리를 내고 모양을 만든다. 수많은 소리와 모양을 담은 말이 바로 의성의태어다. 그 말의 의미는 장세이 작가의 글로 오롯이 살아났고, 나는 의성어의태어의 의미를 글씨에 담아내려 애썼다.

이 책에서 글씨의 역할은 '보이지 않는 무언가를 보이게 하는 일'이었다. 소리와 모양을 표현하는 말이 실제 말을 걸 듯 생동하는 글씨를 쓰려 고심했다. 하여 늘상 한글의 제자 원리를 염두에 두었다. 한글이 그러하듯 글씨에서도 한글에 담긴 생과 사, 그리고 희로애락이 보이게 하고 싶었다.

붓글씨는 모필의 탄력을 이용해 글씨를 쓴다. 모필의 특성에 맞게 붓을 제어하면 말에 깃든 무게, 크기, 두께, 밝기, 속도 등을 자유롭게 표현할 수 있다. 그렇다고 붓이 만능 도구는 아니기에 때로 나뭇가지와 돌을 붓 대신 쓰기도 했다. 또 글자에 따라 종이도 골라 썼다. 글씨에서 소리와 모양이 나게 하려고 다양한 시도와 실험을 했다.

글 모르는 백성이 한글로 마음껏 글을 읽고 쓰며, 나아가 문화를 즐기고 향유하게 만든 세종대왕, 그의 업적은 마르고 닳도록 칭송해도 모자라다. 이러한 한글을 보다 깊이 들여다보도록 이끄는 책을 만들어 뜻깊다. 특히 평소 우리말을 주제로 한 글을 쓰고 책을 엮는 장세이 작가의 글에 글씨로 함께한 일은 참으로 기쁘고 즐거웠다.

뽕
빵
뻥

한 글자 의성의태어의 뜻과 꼴

이응 0005

글 장세이
글씨 강병인

초판 1쇄 발행 2026년 3월 9일

펴낸이 장세영
펴낸곳 이응

등록번호 제2022-000010호
전화 070-4224-3030
팩스 0303-3443-3030

전자우편 oioiobooks@naver.com
인스타그램 @oioiobooks

디자인 꽃피우다 강상희

Copyright© 장세이, 강병인, 2026
ISBN 979-11-980578-8-4
값 17,000원

*이 책의 판권은 지은이 장세이, 강병인과 이응에 있습니다.
*이 책은 지은이 장세이, 강병인과 이응의 독점 계약으로 출판되었기에
 이 책에 실린 내용의 무단 전제나 복제, 광전자 매체 수록을 금합니다.